JN141784

なぜ「あと1アウト」から逆転されるのか

田尻賢誉

竹書房

はじめに

野球には、ホッとする瞬間がある。
ピンチで2ストライクに追い込んだとき。
先頭打者から二人を抑え、2アウトを取ったとき。
ノーアウト満塁から二人を抑え、2アウトになったとき。
そして、リードして9回2アウトを迎えたときだ。
これらに共通するのは、終わりが見えていること。
あと1ストライクで三振。
あと1アウトで3アウト。
あと1アウトでゲームセット。
「あとひとつ」なのだ。
そして、これらにもうひとつ共通することがある。
それは、そこから打たれること、点を取られること、負けることだ。

なぜ、そうなってしまうのか？

それには、明確な理由がある。

それを説明するために、いくつかの例を紹介したい。脳神経外科医で、数多くのオリンピック選手にアドバイスをしている林成之先生の行った実験だ。

ひとつめは、小学生に50メートル走を2本走ってもらう実験。1回目は50メートルのところに線を引き、2回目は55メートルの箇所にゴールラインを設けて、50メートルのところでタイムを測る。すると、小学生の7割が、身体が疲れているのに2回目のタイムの方がよかったのだ。ゴールを線引きしてしまうと、パフォーマンスが落ちてしまう（『勝負に強くなる「脳」のバイブル』より）。

もうひとつは、タッチパネルを使った簡単なゲームを用いての実験。ゲームをしている人の脳血流を測定しながら、「まもなくおしまいです」とひと声をかけると、脳血流がガタンと落ちて正答率が下がる。反対に、何も声をかけないと、最後まで集中力は落ちない（『勝負に強くなる　脳の中の7人の侍』より）。

ゴールが見えたり、終わりがわかったりした途端、人間のパフォーマンスは落ちてしまう。実はこれは、脳の持つ本能に関係があるのだという。

「あとひとつ」以外に、最近の高校野球で目につくのが、1イニングに大量点が入るビッグイニングだ。打たれ出すと止まらない。ミスが出ると連鎖する。

親からも、先生からも、指導者からも怒られる機会が減った今の世の中。苦しい状況に耐えられない、忍耐力のない選手が増えていることが原因だと思っていたが、それだけではない。詳細は本文中で説明するが、これもまた脳の持つ本能に関係があった。

近年は、どこでもすぐに情報が手に入る便利な世の中になった。わからないことがあってもネットで検索すれば、たいていのことは解決できる。図書館などで必死に資料を探したり、せっかく見つけた資料が期待外れで途方に暮れたり……。そんな経験をしたことがある人は減っているだろう。足を使い、時間を使い、あの手この手で調べる必要がなくなった。

その結果、失われてしまったものがある。それは工夫だ。苦しい状況、厳しい状況に追い込まれても、やり方を変えない。うまくいっていないのにもかかわらず、工夫をしないのだ。そのため、負の連鎖が始まると止まらなくなる。

そんな世の中だからこそ、「なぜ、そうなるのか?」を知っておく必要がある。「そうなったとき、どうするか」を知っておく必要がある。そこで、どうしても外せないのが脳の持つ本能や働きだ。残念ながら、今回は林先生に直接インタビューすることはかなわなかった。そのため、脳に関する説明は【勝負脳の考察】と題したコーナーを設けて、林先生の著書を参考に解説させていただいた。

問題になることがわかっているのだから、その対処法を知っておくべき。

なぜ、「あと1アウト」から問題が発生するのか。本書で準備と確認をして、実際のプレーや指導に活かしてもらいたい。

なぜ「あと1アウト」から逆転されるのか

目次

第1章

明徳義塾

「あと1アウト」を両方の立場から何度も経験した名将

脳が他の新しい情報に反応しないように注意する

第2章

寝屋川

スター軍団の大阪桐蔭を「あと1アウト」まで追い詰めた公立進学校

第3章
履正社
宿敵・大阪桐蔭戦で「あと1アウト」から悪夢の四者連続四球で押し出し

第4章

高知

甲子園まで「あと1アウト」「あと1球」から喫した逆転劇

第5章

玉野光南

第6章

木更津総合

甲子園で「あと1アウト」「あと1球」から微妙な判定によって敗北

第7章 木更津総合

甲子園で3点リードの「あと1アウト」「あと1球」からの悪夢

第1章

明徳義塾

「あと1アウト」を
両方の立場から
何度も経験した名将

27個目のアウトは非常に難しい

勝ったと思った瞬間、負けの要素が忍び込む。

一瞬の油断、心のスキが、自らを落ちるはずのない落とし穴へと誘うのだ。

「27個目のアウトは非常に難しいよ。だからストッパーもいるんだろうと思う。野球っていうスポーツは、サヨナラ勝ち以外は27個目のアウトを取って終わるわけよ。それでゲームが完了する。甲子園も5点差以上ついとったらあれ（安全圏）だけど、3点差ぐらいだったらわからんもんね。2アウトからヒットで二人出たら『一発いくん違うか』という感じになってくるからね。3点（リードが）あっても先頭バッターを出したらホントに嫌。智弁和歌山とか大阪桐蔭とか、名門といわれる攻撃力のある学校だと特に嫌やね」

甲子園通算50勝を誇る明徳義塾・馬淵史郎監督は、こう言う。1990年秋の監督就任以来、酸いも甘いも味わってきた。多くの試合を重ねるたびに感じてきたのは、「あと1アウト」の難しさ。言葉では説明できないような試合を経験してきた。

「やっぱり、早く終わらせたいということがあるんだろうね。監督も選手も1秒でも早く終わりたい。一方、負けてる方は1秒でも長く試合をやりたいという気持ちがある。そういうところに精神的なものが左右されるのかもわからんね。これは、昔から言われること。『徒然草』でも木登りの話があるやろ」

『徒然草』の第109段「高名の木登り」にはこんなことが書かれている。木登りの名人が、人に高い木に登って梢を切るように指図した。高い場所にいて危なく見えたときには何も言わない。ところが、飛び降りられるぐらいの軒の高さになったときに「ケガをするなよ。注意して降りろ」と声をかけた。なぜ危険なときには何も言わず、楽なときにあえて注意喚起したのか。それには、こんな理由があった。

「危ない間は自分が恐れているからケガをしない。ケガはやさしいところになって必ずするものだから」

難しいと思うことより、やさしいと思うことこそ失敗しやすいという教訓だ。

「危険なことをやってるときは集中してるから大丈夫やけど、『もう終わり』とか気の緩みが出たときに大ケガをする。ケガというのは、不思議と練習の始めには起きないね。終わり頃に起きる。『このメニューで終わるぞ』というときに起きる。あとは、しょうもないキャッチボールなんかをしとるときに、後ろにいて当たったとかね。あれはどういうことなのかな」

吉田兼好によって『徒然草』が書かれたのは1330年頃といわれている。700年近く昔から、人間がミスをしやすい状況というのは変わっていないということだ。では、どのようにすれば、「あと1アウト」で勝ちを逃さないようにできるのか。馬淵監督の考えを語ってもらった。

勝ったと思ったときが、負けの始まり

「高校野球をなめとったわと思った」

馬淵監督がそう振り返るのは、1991年7月22日、第73回全国高校野球選手権高知県大会1回戦のこと。明徳義塾は伊野商を相手に、3対5とリードされていた。9回裏の攻撃も二者が倒れ、2死走者なし。「あと1アウト」の状況に追い込まれていた。

「正直なところ、終わったと思った。『まだ負けてない』とか言う気持ちはさらさらない。負けたと思った」

前年の8月に監督に就任したばかり。明徳の指揮官として初めて迎えた夏の大会だった。

その初戦で、絶体絶命の窮地に立たされたのだ。

「ノンプロの監督でそこそこ実績残したから（阿部企業の監督として86年の日本選手権準優勝）、高校野球なんて……っていう気持ちが多少あった。でも、あれで高校野球は厳しいなと思ったね」

0対2から6回裏に2点、7回裏に1点を取って一度は逆転したが、8回表に3点を取られて再逆転を許した。9回裏も三振、サードゴロで簡単に2死。ベンチではすすり泣く選手もいた。

打席には1番の杉山智男。杉山は甘いカーブをとらえてレフトへ本塁打を放つ。これで1点を返したが、4対5。1点足りない。

「だいたいそこで終わるんよ。そこまでに点を取るチャンスが何回かあった。『あそこでスクイズをやっとったら、こんな試合になってなかったな』とか後悔ばっかり残ってるわけよ」

だが、選手はあきらめない。2番の松下良士が内角をよけながら打った打球が、ファーストの後ろに落ちる二塁打になると、3番・上原栄導の初球に相手がパスボール。上原は四球で2死一、三塁となり、打席に4番の津川力（元ヤクルト）が入った。

「あと1アウト」の場面からのピンチに、相手の山中直人監督が伝令を送る。この間を利用して、馬淵監督は津川をベンチに呼んだ。

「あの頃は『冷えたポカリスエットを飲んで栄養をつける』とかいう時代よ。クーラーボックスから缶を出して、オレが開けてやった。『津川、一杯飲んでいけ』と言ったら、緊張しとったんやろうね。ごくっと一口だけしか飲まない（笑）。『バカ、一気に全部いけや』って」

津川のお尻をポンと叩いて送り出した。タイムが終わり、プレーが再開した直後の初球。伊野商のエース・戸田孝司が投じたストレートは真ん中低めに入った。津川はこれを逃さない。真芯でとらえた打球は、レフトスタンドに飛び込む逆転サヨナラ3ランになった。

戸田の決め球はフォーク。試合後、捕手の藤原浩治は津川への攻め方のプランをこう話している。

「ボールになるストレートでインコースを突き、のけぞらせておいて外へストライクのカーブ。3球目は外のまっすぐでストライクを取り、フォークで打ち取る」

勝負を決めたのは、ボールにするはずの球が、真ん中に入ってしまった失投だった。

「2アウトを取ったときは、正直なところもう大丈夫だと思った。戸田には、投げ急ぐなと指示は出したんだが……」（山中監督）

完全な負け試合。監督もあきらめた試合が、最後の最後にひっくり返った。馬淵監督は言う。
「監督で勝つ試合なんてね、甲子園で優勝までいってもひとつあるかないかよ。全部選手で勝つんやから。監督の失敗をどれだけ選手が取り返してくれるかよ。そういうチームは強いよ。選手も失敗するけど、監督もしょっちゅう失敗してる。代打策が当たったというときもあるけど、監督の仕事ってほとんどスタメンを決めるのとピッチャー交代のタイミングだけや。あと、『ここはバントや』『このバッターには打たせろ』というのは、野球を知ってる観客ならわかる」

土壇場にまで追い込まれれば、監督のできることなどない。選手に任せるしかない。監督に就任して初めての夏の大会。その最後の最後の場面で、馬淵監督は選手に助けられた。これで勢いに乗った明徳義塾は、準決勝で創部以来7度目の対戦で初めて高知商を破った。決勝では追手前を退け、7年ぶり二度目の夏の甲子園出場。甲子園でも市岐阜商を破って1勝を挙げた。もし、あのまま伊野商に負けていたら……。馬淵監督の人生も、明徳義塾野球部のその後も大きく変わっていただろう。

「奇跡やね。ホント奇跡。『勝ったと思ったときが、負けの始まり。先に勝ったと思った方が負ける』といつも言ってた。精神力の勝利。ああいうことがあるのが野球なんよ」

「あと1アウト」からのミラクル劇が、馬淵監督の原点になっている。

打たれるときは、不思議と第一ストライクを打たれる

「甲子園が見えてた。こんなに簡単に行けるんやと思った」

　馬淵監督がそう振り返るのは、2015年7月29日、第97回全国高校野球選手権高知県大会決勝・高知戦。高知とは前年まで4年連続決勝で対戦し、すべて1点差勝利と厳しい試合が続いていた。それが、8回表を終わって5対0。接戦を覚悟していた試合が、思わぬ大差になったことでスキが出た。

　7回まで6安打無失点に抑えていた飛田登志貴が8回裏につかまる。先頭の3番・岡田悠吾にライト前ヒットを打たれると、栄枝裕貴、能見和良にも連打を浴びて無死満塁。松本亮太のレフトへの鋭いライナーは犠牲フライになったが、弘井涼介の安打で1死満塁となった後、投手の鶴井拓人に右中間を破る二塁打を打たれて2点差に迫られた。続く土居慶也は三振で2死となるも、有田球児、澤田凱に連続四球を与えて押し出し。さらに、打者1巡した岡田にも左中間二塁打を浴びて一気に6点を失った。

「打たれるときって、不思議やな。第一ストライクを打たれるんやな。いつものパターン

を変えて、『ちょっとボールから入ろうか』とかいう余裕がなくなってくる。打たれるときも打つときも、キャッチャーはボールを要求してるのに、不思議と（ストライクゾーンに）入ってくるんよな。それにはピッチャーの精神的な部分もあるけど、バッターの精神的なものもある。『あいつが打ったんやから、オレも続けて打てるんや』という精神的優位。ピッチャーは精神的に追い込まれてる。バッターは優位に立ってる。そこで『甘い球だけ待っとけ』と言ったら不思議とベルト付近に来る。ピッチャーは勝ってるのに追い込まれてる状態。ああいうときは、いくら伝令出しても変わらん。『お前、ここは全部勝負球でいけよ』と言いに行かせても、勝負球じゃない甘い球がいく」

まさに、このときの飛田はこの状態だった。6安打のうち、4本がファーストストライク。犠牲フライもファーストストライクだった。

「6点はありえないよ。『飛田は力がないピッチャーやけど、それまでのらりくらりで抑えてたから『合ってないんや』と思った。代えたら相手が喜びそうで代えられなかった。やっぱり、0点に抑えてたら代えるのは躊躇するよ」

逆転され、なおも2死二、三塁のピンチは救援した七俵龍也が抑えたが、甲子園濃厚の展開から一転、敗退の危機に変わった。

「1点差なら、まだ9回でと思ったけど。そらね、楽勝やと思っとったのがそういう試合になったのは監督の失敗よ。継投が遅れた」

9回表は先頭の4番・古川卓人が倒れるが、佐田涼介、古賀優大（ヤクルト）がいずれもレフト前に運んで一、二塁。打席には7番の高村和志が入った。ショートとして守備力を買われてレギュラーになった高村。馬淵監督は、「ドラッグバントのサインを出そうと思ってた」。ところが、高村は初球をライトへ打ち上げ2死一、二塁。明徳は「あと一人」の状況に追い込まれた。

8番は、投手が飛田から七俵に代わったタイミングで、レフトの守備についていた上谷優太。馬淵監督は、ここで背番号20の2年生・西村舜を代打に送った。

「朝のバッティング練習で調子がよかったんよ。代打の一番手でいくから準備しとけと言ってた」

ところが、今大会初出場の西村は土壇場での起用にバットが出ない。打席での様子は、緊張で硬くなっているようにも見えた。初球はワンバウンドのシンカーを見送ってボールだったが、2球目は真ん中のストレートを見逃し。3球目は高めのカーブを見逃してカウント1-2に追い込まれた。

「西村は2球続けて見逃して、『うん、うん』とうなずいとった。ベルトの高さを見逃してるんよ。ベンチで『バカヤロー』と言うたよ」

甘い球に二度も手が出ず、「あと1球」。絶対不利の状況に追い込まれたが、ここで高知のエース・鶴井に心のスキが生まれた。捕手の栄枝は完全なボールゾーンに構えていたが、鶴井が投げた球は外角高めのストライクゾーンへ。開き直った西村が打った打球は、右中間を突破する逆転の三塁打となった。

「1－2になって、なんであそこに投げたかな。手をちょうど伸ばしたら右中間へ行くようなところへ。あそこでオレは、ひざ元へワンバンのスライダーやと思ったんよ。ストレートを投げるんやったら、（内か外か）どっちかへボールよ。インコースは投げ間違いがあるから、やっぱり外。外へ投げたのが中へ入ったんやね。まぁ、打った西村はすごいわ。しかも、一番ええところへ打ってくれたから」

継投失敗という監督のミスを選手が取り返してくれる。まさに馬淵監督の言う勝ちパターンだが、試合はこれで決まらなかった。9回裏、1死から松本に二塁打を打たれると、ライトフライと四球で2死一、三塁。「あと一人」にはこぎつけたものの、逆転の走者を許した。

ここで、高知・島田達二監督（当時）は明徳戦用に準備していた、とっておきの代打・池本智輝を起用した。池本は七俵の得意な変化球を待っていた。初球ファウルの後の2球目。池本はその変化球をとらえる。打った瞬間、島田監督は「抜けたと思った」。打球は

5	6	7	8	9	計
0	2	0	0	2	7
0	0	0	6	0	6

［明徳義塾］

	選手名	打数	安打	打点	1	2	3	4	5	6	7	8	9
1（左）投	七　俵	3	0	0	二直	二飛	…	左飛	…	投ギ	…	捕ギ	…
2（中）	△真　田	4	3	1	投安	…	四球	右安	…	中安	…	二ゴ	…
3（三）	神　藤	4	0	0	一ゴ	…	投ギ	三失	…	三振	…	右飛	…
4（一）	古　川	5	2	1	右邪	…	二ゴ	左安	…	右安	…	…	三ゴ
5（右）	佐　田	5	4	1	…	二ゴ	左2	…	左2	左安	…	…	左安
6（捕）	古　賀	3	2	0	…	三ゴ	遊安	…	三ギ	…	四球	…	左安
7（遊）	高　村	4	2	0	…	右安	中安	…	死球	…	捕飛	…	右飛
8（投）	△飛　田	4	2	0	…	左安		右安	三振	…	遊併	…	…
左	上　谷	0	0	0	…	…	…	…	…	…	…	…	…
打	西　村	1	1	2	…	…	…	…	…	…	…	…	右3
左	園　田	0	0	0	…	…	…	…	…	…	…	…	…
9（二）	藤　本	3	1	0	…	死球	…	投ギ	…	一失	…	左安	右飛
併0　残11		36	17	5									

選手名	回数	打者	安打	三振	四球	失点	自責
飛　田	7⅔	39	12	1	3	6	6
七　俵	1⅓	6	1	0	1	0	0

第97回選手権高知大会決勝

チーム	1	2	3	4
明徳義塾	0	0	2	1
高　知	0	0	0	0

[高知]

	選手名	打数	安打	打点	1	2	3	4	5	6	7	8	8	9
1 (遊)	△有　田	4	1	0	二ゴ	…	中安	…	二ゴ	…	遊ゴ	四球	…	…
2 (中)	澤田凱	3	0	1	二ゴ	…	投ギ	…	左飛	…	左飛	四球	…	…
3 (二)	岡　田	5	2	2	三ゴ	…	投ゴ	…	二飛	…	…	右安	左2	…
4 (捕)	栄　枝	5	1	0	…	遊ゴ	右飛	…	…	遊ゴ	…	右安	三ゴ	…
5 (一)	十　河	2	1	0	…	遊安	…	遊直	…	…	…	…	…	…
打	△吉　村	1	0	0	…	…	…	…	…	中飛	…	…	…	…
一 三 一	△能　見	2	1	0	…	…	…	…	…	…	…	中安	…	遊ゴ
6 (右)	△松　本	4	3	1	…	中安	…	左安	…	遊失	…	左犠	…	右2
7 (左)	弘　井	4	1	0	…	四球	…	二飛	…	左飛	…	左安	…	右飛
8 (投)	△鶴　井	4	2	2	…	中飛	…	右安	…	…	投ゴ	右2	…	四球
9 (三)	澤田大	2	0	0	…	遊ゴ	…	左飛	…	…	…	…	…	…
打 一	土　居	2	1	0	…	…	…	…	…	…	左安	三振	…	…
三	佐　田	0	0	0	…	…	…	…	…	…	…	…	…	…
打	△池　本	1	0	0	…	…	…	…	…	…	…	…	…	遊ゴ
併 1	残 12	39	13	6										

選手名	回数	打者	安打	三振	四球	失点	自責
△鶴　井	9	45	17	2	4	7	3

二塁ベース左へ。完全にヒット性の当たりだったが、高村が横っ飛びして好捕。二塁にトスして27個目のアウトをもぎ取った。

「あれは、一、三塁やったからよかったんよ。盗塁ケアで高村は2メートルほどベースに寄ってた。それが功を奏した。あれが定位置やったらセンター前やった。守って勝った試合よな」

守備位置だけではない。馬淵監督はこんなことも言った。

「9回表（1死一、二塁）の高村のところで代打もあったんよ。でも、高村に代打を出してたらあの守備はなかったし、はたして西村があそこで出して打ったかもわからん。高知高校はあと1球というシチュエーションやったから、甘くなったかもわからんよね」

第4章で島田監督も語っているように、打力を考えれば高村のところで代打が出てもおかしくなかった。だが、この試合で2安打していることもあって、そのまま打席に入った。結果的には、それが最後のファインプレーにつながった。監督の一瞬のひらめき、決断。何が幸いするかわからない。

なぜ、土壇場で好守備が出るのか

それにしても、甲子園まで「あと1アウト」と迫った状況で、なぜあんな守備ができるのか。しかも、同点の走者が三塁にいる場面。エラーすれば点が入る。守っている野手は、飛んできてほしくないと思う選手の方が多いだろう。

「それが明徳の真骨頂やな」

馬淵監督がそう言うのは、それが偶然ではないからだ。この試合の4年前、11年夏の高知県大会決勝・高知戦でもこんなことがあった。7回まで両チーム無得点の投手戦。8回表、9回表に明徳が1点ずつ取って2対0とリードした。一方の高知は明徳のエース・尾松義生の前に8回まで無安打。だが、9回裏に意地の反撃に出る。

初安打から1死二、三塁のチャンスをつくり、ショートゴロの間に得点した。1点差となり、なおも2死二塁。ここで岡崎賢也がライトフェンス際に大飛球を放つ。この打球を9回からライトの守備に入った中平亜斗務が、背走してフェンス際で後ろ向きにスライディングしながら好捕。ベンチから飛び出してガッツポーズをした馬淵監督も「思わず感極まった。何年かに一回あるかどうかの試合や」と称えたスーパープレーで、27個目のアウトを奪い取った。

なぜ、土壇場で好守備が出るのか。

「野球はまず守りからよ。どんなに攻撃いうても、智弁和歌山も強かったときは守備がうまかった。まず守りを固めて、それから攻撃に転ずるということじゃないと。打て、打てではピッチャーがよかったら勝てんでしょ。(強豪を相手にするときは)ピッチャーがいいということを前提にしないと。やっぱり強いチームは必ず守りがいい」

守備のチームをつくるには、ノックで手抜きをしないことが必要だ。

「うるさいこと言うよ。例えば、ノックでまぁまぁの守備をしてファーストがワンバンで捕る。普通は流して次に打つよ。ウチはアカンと言って、もう一回やり直しよ。『足が速いランナーだったらぎりぎりセーフやぞ』と。時間はかかるけど、そういうことをチェックしながらやる。『ノッカーはマシンじゃいかん』と常にウチのコーチには言ってる。『注意せえ』って。今はたまたま捕れたけど、そういうプレーは何回もできない。それは絶対言うとかないかんと思う。それがここ一番に活きる。楽勝のゲームやったら、監督が少々ミスしようが、選手がけん制でアウトになろうが、勝ってしまうんよ。そうじゃない。競ったゲームをいかに勝つかということが練習やから」

甲子園がかかった試合で、「あと1アウト」という緊張状態での好守備。プレッシャーに強くなければできないだろう。勝ち慣れていないチーム、勢いだけで上がってきたチームの選手なら捕れない打球を、捕ってしまうのが明徳だ。

それができる理由のひとつには、選手たちの覚悟があるのは間違いない。15年の4番打者・古川はこんなことを言っていた。

「僕らは、甲子園に出るために山奥まで来たんです」

明徳があるのは、ヒッチハイクでもしなければ脱出不可能な僻地。わざわざそんなところまで野球をやりに来ている選手たちだからこそ、球際で気持ちの強さが出る。

もちろん、理由はそれだけではない。練習にもきっちりとした裏づけがある。

「やっぱり、プレッシャーをかけるのは守備練習とランニングだよね。ダッシュのときでもうるさく言ってるよ。『最後の一歩で決まるんじゃ』って。マラソンでもそうや。途中で勝っとってもアカン。先にゴールせないかん。最後の最後で決まるんやから」

甲子園歴代最多の68勝を挙げた智弁和歌山の髙嶋仁前監督と同様、馬淵監督も内野手全員が連続ノーエラーでなければ終わらない〝ノーエラーノック〟を行う。内野の各ポジションに二人ずつ守り、ボールファーストとゲッツーをやるのが基本パターン。シンプルだが、意外と簡単には終わらない。

「いつも（最後になる）ファーストにプレッシャーがかかるから、たまにはファーストから打ってサードにプレッシャーをかけるとか、ショートを最後にするとかやるね。エラーしたヤツが最後になるようにするとか。キャッチャーのスローイングも入れると、キャッチャーが最後にイップスみたいな暴投を放ってボロカス言われる（笑）。バント練習なんかも、12～13人で全員成功するまで終わらない。だいたい9番目ぐらいのヤツが失敗する。昔からやってますよ。下級生がエラーしたら、『下級生からノックに入れてもらって、いい加減にせえよ』と言われる。そら、当然ですよ。それぐらいじゃないと、下級生からレギュラーに入り込めない」

馬淵監督が言うのは、上下関係が厳しいという意味ではない。明徳の部員は100人をゆうに超える。その中で先輩を差し置いてノックのメンバーに選ばれ、かつノーエラーで守るだけでも相当なプレッシャーがかかるということだ。こういう積み重ねが、土壇場でのファインプレーにつながる。一度だけなら偶然もあるが、何度もあるということは、そこには理由や根拠があるのだ。

“できることを確実にやること”が勝利を逃さないための条件

「これで終わったと思って、ベンチから立ち上がったよ」

馬淵監督が一瞬、勝ちを確信したのは2017年3月24日、第89回センバツ1回戦。清宮幸太郎（日本ハム）、野村大樹（ソフトバンク）を擁する早稲田実との試合だった。4対3と1点リードで9回2死一塁。エースの北本佑斗が2番・途中出場の横山優斗にピッチャーゴロを打たせた。この打球を見て馬淵監督はベンチから出ようとしたのだが、再び腰を下ろすことになる。北本がピッチャーゴロを弾いたのだ。弾いてもあわてる必要はなかったが、その後もボールが手につかず、セーフにしてしまった。

「ピッチャーゴロ捕ったらゲームセットよね、ホンマに。ああいうことがあるのが野球なんよ。あれで流れがいってしまった。でも、あれはすぐ拾って投げたらアウトや。（落とした後）あれは足から取りにいかないけんのを、手だけで取りにいった。よくあるんよ。外野手がクッションボールを誤ったときにね、手で取りにいく。あれは絶対いかん。足を運んで取ったら取れる。あれはがっくりやったね」

決して当たりがよかったわけではない。なんでもないピッチャーゴロだった。「あと1アウト」の状況でなければ、エラーをするのは考えられない。

「あれ、なんでかな。本人に『なんで捕れんかったんや？』と訊いたら、『自分でもわかりません』と言う。後の（3番打者の）清宮まで回しちゃいかんという心理があったか、『しめた』と思ったか。北本の守備？　めちゃくちゃうまいことなかったけど、そんな下手でもなかったよ」

ちなみに、北本が使っていたのは公式戦で初めて使用するグローブ。明徳OBの中には、「新しいグローブを使ったせいでエラーした」と指摘する人もいた。

「グラブに関しては、ものすごくうるさく言ってるんよ。オレは大会前、甲子園に行く前に持ってきたグラブなんか絶対使わさん。ダメだって。北本のは、1か月前ぐらいから持ってきて使ってるグラブやから。グラブを見たけど、めちゃくちゃやわらかくしてたよ」

試合後、北本はエラーの原因を「3、4番が気になってしまった。焦ってしまった」と言った。清宮、野村を意識するあまり、目の前の打者に集中できていなかった。それは、1番の福本翔を打ち取り、「あと一人」としながら、横山に2球ボールが続いたことからもわかる。カウント2－0となったところで、馬淵監督にしては珍しく打者の途中で伝令を送った。

「フォアボールを出しそうな感じやったんよ。北本は実はフォアボールが多い。それがよぎった。あいつは、こまいくせに技巧派じゃないんよ」

3球目からストライクを2球続けて2－2とした後、ボール、ファウルで3－2。7球目のストレートを打たせてのピッチャーゴロだった。

2死一、二塁となり、打席には清宮。北本がボールを投げるたびにスタンドからは大歓声が上がる。これに北本は押された。

「勝負にいったけど、雰囲気に呑まれた」

結局、3－1から四球を与えた。2死満塁になり、野村が打席に入る。清宮見たさに集まったスタンドの観客は、早実を後押し。1球ボールになるたびに、明徳ベンチの上まで喜ぶような状況になった。北本はストライクが入らず、ストレートの四球。押し出しで同点に追いつかれた。

その裏、明徳は2死一、二塁とサヨナラのチャンスをつくるも、前の打席でホームランを打っている谷合が空振り三振で逸機。10回表に9番の野田優人に勝ち越し打を浴びて敗れた。

この試合、清宮に打たれたのは初回の単打1本（1四球）だけ。野村には二塁打と内野安打の2安打を許したが、1回表1死一、三塁ではセカンドゴロ併殺打。9回表2死満塁では四球。1打点しか挙げられていない。明徳バッテリーとしては、最低限の仕事はしたといえる。

それよりも、問題なのは下位打線への投球だ。9番の野田には2回2死一、三塁でライト前ヒット、7回2死一塁で右中間三塁打、10回2死三塁でセンター前ヒットを打たれ、4打点も叩き出された。同じく7番の橘内俊治にも3安打。9回表は先頭で左中間二塁打を打たれ、10回表も1死走者なしから左中間二塁打でチャンスをつくられた。清宮、野村よりも7番、9番への投球が命取りになった。

「そこよ。下位に打たれたのが敗因やったね。早実の下位は振れる子が少ない。フッと気を抜いてるんやと思う。それとタイミングが合ってたんやろうな」

試合後、北本はこう言っている。

「3、4番で力んでしまってキレがなくなり、その後は高めに浮いてしまった」

下位に打たれた安打はすべて悔やまれるが、避けたかったのは9回表の先頭打者・橘内の二塁打。

「あれがいかんわな。全力でアウトを取りにいかなアカン。あれで相手は『もしかしたら……』となるよね。先頭を取ってたら勝ちよ」

強打者ばかりを集中して研究する人がいるが、大事なのは、実は打ち取れる打者（打力のない打者）を確実に打ち取ること。それさえできれば、失点を防げることは増える。この試合で馬淵監督が悔いを残しているのは、投手について。9回は継投が頭にあったという。

「あと一人の場面で、思い切って市川（悠太、ヤクルト）でいったらよかった。左バッター（横山）やから北本でもいける思うた。あのときは市川がまだ2年生で、そこまで信頼がなかった。ブルペンを見てたらばらついてたから、フォアボールを出すんやないかと思ってよう代えんかった」

ピッチャーゴロを捕っていれば終わっているのだから、采配ミスとはいえない。だが、負けたときの監督というのは、何かできなかったかを必ず探すものだ。守備が持ち味の明徳としては、9回表無死一、三塁から野田のサードゴロで併殺を取れなかったのも痛かった。どうしても「あと1アウト」からのピッチャーゴロエラーが目立つが、そこにいくまでにできたことがいくつもある。ひとつでも多く、〝できることを確実にやること〟が勝利を逃さないための条件になる。

6	7	8	9	10	計
0	1	0	2	1	5
0	0	1	0	0	4

[早稲田実]

	選手名	打数	安打	打点	1	2	3	4	5	6	7	8	9	10
1（中）	福　本	5	1	0	右2	三ゴ	…	…	一ゴ	…	四球	…	捕邪	右飛
2（右）	△西　田	3	0	0	投ゴ	…	三振	…	…	二ゴ	…	…	…	…
打	中　川	1	0	0	…	…	…	…	…	…	投ゴ	…	…	…
右	△横　山	1	0	0	…	…	…	…	…	…	…	…	投失	…
3（一）	△清　宮	4	1	0	中安	…	中飛	…	…	捕邪	…	左飛	四球	…
4（三）	野　村	4	2	1	二併	…	二ゴ	…	…	中2	…	遊安	四球	…
5（左）	小　西	5	0	0	…	二ゴ	…	中飛	…	中飛	…	中飛	左飛	…
6（捕）	△雪　山	3	0	0	…	四球	…	二飛	…	…	四球	左飛	…	二ゴ
7（二）	橘　内	5	3	0	…	左安	…	三振	…	…	中飛	…	左2	左2
8（投）	池　田	1	0	0	…	三振	…	…	…	…	…	…	…	…
投	服　部	2	0	0	…	…	…	…	二飛	…	投ゴ	…	…	…
打	成　田	1	1	0	…	…	…	…	…	…	…	…	右安	…
投	△石　井	1	0	0	…	…	…	…	…	…	…	…	…	左飛
9（遊）	野　田	5	3	4	…	右安	…	…	右邪	…	右3	…	三ゴ	中安
併 1	残 11	41	11	5										

選手名	回数	打者	安打	三振	四球	失点	自責
池　田	1⅔	11	4	0	2	3	3
服　部	6⅓	24	2	0	5	1	1
△石　井	2	9	2	2	0	0	0

第89回センバツ１回戦

チーム	1	2	3	4	5
早稲田実	0	1	0	0	0
明徳義塾	3	0	0	0	0

[明徳義塾]

	選手名	打数	安打	打点	1	2	3	4	5	6	7	8	9	10
1 (三)	△田　中	4	0	0	左飛	三ギ	…	三ゴ	…	…	左飛	…	二ゴ	…
走 三	谷　口	0	0	0	…	…	…	…	…	…	…	…	…	…
2 (中)	△中　坪	3	0	0	四球	一ゴ	…	四球	…	…	三邪	…	三振	…
3 (右)	△西　浦	5	2	0	右安	右飛	…	…	左飛	…	左飛	…	遊安	…
4 (左)	谷　合	2	1	1	四球	…	四球	…	四球	…	…	左本	三振	…
5 (一)	久　後	3	0	0	二飛	…	投ギ	…	投ギ	…	…	一邪	…	二ゴ
6 (遊)	今　井	5	1	2	左安	…	左飛	…	中飛	…	…	二ゴ	…	遊ゴ
7 (二)	近　本	2	1	1	右2	…	四球	…	…	二ゴ	…	四球	…	死球
8 (捕)	筒　井	5	1	0	右飛	…	一ゴ	…	…	中安	…	中飛	…	遊ゴ
9 (投)	△北　本	4	2	0	…	左安	…	遊ゴ	…	捕併	…	…	中安	…
併 1	残 10	33	8	4										

選手名	回数	打者	安打	三振	四球	失点	自責
△北　本	10	46	11	3	5	5	4

「あと1アウト」から勝利を逃さないために必要なこと

勝てる試合を落とさないために——。

普段から馬淵監督が選手たちに言い聞かせていることがある。それは、誰と勝負するかを選択するということだ。点差を見て、空いている塁があれば有効に利用する。

「例えば、前の打席を見て、ピッチャーと合うなという感じがある場合。これを出すと同点のランナーになるけど、次のバッターなら絶対打ち取れると思ったら、そいつと勝負しないとかはあるよね。そっちの方が精神的に楽やと思ったら。他には、9回で3点勝ってるのに、（走者一塁で）ファーストがベースについて、ピッチャーはクイックモーションで投げてボール、ボールになることがある。『盗塁されてもええやないか。サードまで行かしたれ』って。全然問題ないんやから。そういった計算ができないチームがある。ウチなんかは（2点差以上で）勝っていて、特に2アウトで一塁に出たときは、ファーストはつかない。『盗塁どうぞ』って。かけられたってどうってことない」

高校生の場合、何点差あっても無死一塁は無死一塁としか考えられないことが多い。19

年のセンバツでは、9回1死一塁で21点リードしているチームの投手がけん制球を投げた。目の前の現象にとらわれるのではなく、状況を考えることが大事だ。

馬淵監督は常にこれを考えている。早稲田実との試合ではこんな場面があった。9回2死から、ピッチャーゴロをエラーした後の2死一、二塁。1点リードで清宮、野村を迎える場面だ。連続四球で押し出し。同点となったが、馬淵監督はこう言っていた。

「フォアボール、フォアボールで同点までは悪くない。嫌なのは長打。シングルもOKだと思った。バッターの心理は『打ちたい、打ちたい』だから、外角低めに投げて、打ち損じてくれればと思っとった」

捕手の筒井一平も、この考え方がわかっていた。

「ワンヒットで2点になるなら、押し出しで1点取られる方がましだった」

清宮、野村はパワーがある。長打で大量点を取られるぐらいなら、四球で最少失点で収まればいい。その方が勝つチャンスは残る。

「いつも『打つヤツには1本は絶対打たれると思え』と言ってる。それを『タコ（ノーヒット）に抑えようなんて思わなくていい』と。打つヤツはどこかで勝負して、どこかで勝負を逃げてやらんとゲームは成立しないから。例えば、6番バッターがめちゃくちゃ当たっとったら、6番を避けてもええわけよ。全部が全部勝負して勝てるんやったら、実力があるならそうしたらええけど、点差や内容によって勝負を避けないかん場面は出てくるわけ。ボール球投げて打ってくれたらもうけもん。打たんかったらフォアボールでもいいと思うときだってある。そこは見極めないといかんし、選手もそれがわかっとかないかん」

練習試合でも、このような場面があれば試合中に話をする。

「チェンジになって帰ってきたら、『お前、あそこはフォアボールでもよかったんやで』と。『敬遠まですることないけど、くさいところへ投げていけばいい。あのバッターは打ちたい、打ちたいやから、自分の好きなコースよりちょっとボールぐらいならファウル2本で追い込める。そっから勝負したら打ち取れるときもあるんやから』というぐらい、バッテリーが余裕を持って投げんといけん。例えば、2点差で8回、9回。ランナーが一人出て、ここで一発食うたら怖いなというときがあるじゃない。そこは、わかっとってもアウトロー、アウトローなんよ。カッコよく打ち取ったろうなんて思わんでもええ。シングルで1点ならええけど、同点ホームランだけは避けないかん場面やろと」

これが、野球を教えるということだ。ただ思い切り投げて、打たれました、抑えましたというのでは、指導者のいる意味がない。状況を考える力があれば、最悪を避けられる場面はたくさんある。問題は、「あと一人」の状況でこれができるかどうかなのだ。

「あと1アウト」のまとめとして、馬淵監督はこう言った。

「最後の一打とか、最後の守備で結末を迎えるんだけども、そこにいくまでの途中に点が取れなかったとか、いらん点をやったとかいうツケが、最後の最後に来るということでしょうね。ウチが勝った試合でも、負けた試合でも、どの試合を見てもそう。高知との試合なら、もっと点を取れるチャンスが前半にあった（17安打5点。二塁走者の本塁タッチアウトが3度）。そこで取ってたらああいう試合になってなかっただろうし、高知からすれば、そこで取られなかったことが、最後に1点差のゲームをできたということ。早実との試合でも、ウチが取れるチャンスで取れなかったし、9回はゲッツーを取れなかった。ピッチャーゴロエラーにいくまでの過程に失敗が多くあった。それが、とどのつまり、最後にああいう結果で出たということでしょうね」

「あと1アウト」の場面をどのように迎えるか。

「あと1アウト」の場面で冷静に状況を考えた選択ができるか。

そのための準備と確認を普段から積み重ねていくこと。それが、「あと1アウト」から勝利を逃さないために必要なことなのだ。

勝負脳の考察

脳が他の新しい情報に反応しないように注意する

◉終わりを意識せず、最後の瞬間まで全力投球をする

脳には、自己報酬神経群という部分がある。名前の通り、自分への報酬（ごほうび）が与えられることによって機能する。脳にとってのごほうびとは、「自分がやろうと考えたことを成し遂げること」。自己報酬神経群を働かせるには、自分から主体的に何かに取り組むことが重要になる。

ここで注意しなければいけないのは、自己報酬神経群は「ごほうびが得られそうだ」という期待によっても働いてしまうこと。まだ終わっていないのに、「できた」と思ってしまうと、自己報酬神経群が「もうこのことは考えなくてよい」と判断する。「そろそろ終

わる」と考えることは脳にとって「完了」を意味し、脳の血流が落ちて、思考力や記憶力がガクンと下がってしまうことになるのだ（『解決する脳の力　無理難題の解決原理と80の方法』より）。

『徒然草』の木登りの話も、馬淵監督の言う練習の終わり頃の方がケガをするという話も、まさに「そろそろ終わりだ」と思ったことによって、自己報酬神経群の機能が停止し、気持ちが緩み、集中力が切れてしまった結果だ。

そうならないためには、「これで終わり」と考えないこと。終わりを意識せず、最後の瞬間まで全力投球をすること。それにより、脳の機能が最大限に引き出される。

◉環境の「統一・一貫性」を保つことで普段の能力を発揮する

脳には「統一・一貫性」を好む性質がある。人間にはこの本能があるために、「整ったもの」や「同じもの」「バランスのよいもの」を好ましく感じるようになっている（『解決する脳の力　無理難題の解決原理と80の方法』より）。

この特徴から考えると、特別な試合やいつもと違う球場など「環境が変わると結果が出せなくなってしまう」のは、ごく自然なことだといえる。「特別」「普段と違う」と感じたり考えたりすることが、自ら「統一・一貫性」の本能を外すことにつながるためだ。「いつもできていることが、なぜかできなくなる」のは、「統一・一貫性」が保たれないと、人は「いつもの能力」が発揮できないからだといえる（『解決する脳の力 無理難題の解決原理と80の方法』より）。

花巻東時代の菊池雄星（マリナーズ）は、毎日野球ノートを書くことを習慣にしていた。練習の日はもちろん、甲子園での試合の前日でも同じように書く。その理由をこう言っていた。

「1年生の秋の一関学院戦の前日、『明日は大事な試合だから早く寝よう』と思ってノートを書かずに寝たんです。そうしたら、ボコボコに打たれてしまった。いつもと違う行動をすることは、自分で自分に『明日は特別な試合だ』と言っているようなもの。特別にならないように、いつも同じ行動を取るようにしています」

大事な試合に備えようというのは誰にでもある発想。だが、いつもと違う行動をしてしまうと、「統一・一貫性」を外すことになる。どんなときも同じ行動をすることが、脳にとってはよいのだ。

日常生活でも、いつも使っているロッカーや席が空いていないだけで、なんとなく違和感を持つのが人間だ。「統一・一貫性」を守るためには、自分にとってなじみの環境をつくることが大事。普段と同じ行動を取ること以外にも、いつも使っている物を持つことも有効になる（『困難に打ち克つ「脳とこころ」の法則』より）。

その意味でいうと、甲子園だからといって新しい道具を使うことは、決してプラスではないといえる。グローブが硬い、やわらかいではなく、新しいグローブを使うことで、「統一・一貫性」を外すことになるからだ。林先生が言うように「一定の環境を維持することで脳が力を発揮しやすくなる」という本能を理解し、環境の「統一・一貫性」を保つ方法を考えるべきなのだ。

◉失敗の連鎖が起きているときは、意図的に「統一・一貫性」を外す

馬淵監督が指摘している連打が出ると止まらないのも、「統一・一貫性」によるものだ。失敗の連鎖反応は、脳の「統一・一貫性」が悪さをしているために起こる。一度「失敗した」と思うと、脳はその失敗体験にひきずられやすくなる。同じ失敗を重ねるほど、「統一・一貫性」の本能は強く働き、どんどん抜け出せなくなってしまう（『解決する脳の力

無理難題の解決原理と80の方法』より)。

打たれ出すと「また打たれるんじゃないか」と思い、ストライクが入らなくなると「またフォアボールを出すんじゃないか」と思うため、負の連鎖が起こる。エラーが続くのも同じことだ。

反対に「今日は調子がいいな」という場合にもあてはまる。「うまくいった」と思えば、脳はその成功体験に引っ張られるため、成功が重なれば神がかり的なプレーをやってのけることもある(『解決する脳の力 無理難題の解決原理と80の方法』より)。

第1打席に気持ちよくヒットを打った打者が固め打ちするのも、1イニングに4連打、5連打とヒットが続くのも、「また打てるんじゃないか」「オレも打てるんじゃないか」という「統一・一貫性」がプラスに働いた結果だ。

失敗の連鎖が起きているときは、意図的に「統一・一貫性」を外すのが有効。その場を離れて風景を眺めたり、空を見上げて飛んでいる鳥の数を数えたりして、まったく違うことを考えるようにする。

逆に、成功が続いているときは、脳が他の情報に反応しないように注意することが必要。脳が新しい情報に反応してしまうと「統一・一貫性」が崩されてしまうからだ(『解決する脳の力 無理難題の解決原理と80の方法』より)。

負の連鎖が続いているときは、ただ伝令を送っても効果はない。「統一・一貫性」を外すための方法を具体的に指示することが必要。そして、いざというときにそれができるよう、普段から習慣化しておくことが大切だといえる。

第2章

寝屋川

スター軍団の大阪桐蔭を
「あと1アウト」まで
追い詰めた公立進学校

審判も特別視するほどのスター軍団・大阪桐蔭

大金星は、目前だった。

打球がセカンドの正面に飛んだとき、チームの誰もが〝そのとき〟が来たと思った。ところが、足が動かない。白球がきれいに股の間を抜ける。

エースがひざからグラウンドに崩れ落ちるのと同時に、大偉業ははるか彼方へと消えていった。

2018年の春季高校野球大阪府大会。大阪屈指の公立進学校・寝屋川が快進撃を見せていた。初戦で箕面自由学園を破ると、港、大阪学院大、大商大、刀根山も連破してベスト8。達大輔監督が就任以来、9年間は1大会3勝が最高だったが、一気に5勝を挙げた。

「寝屋川がベスト8に行くのすら記憶にない。下手したら、甲子園に行ってる世代以来じゃないですか」

寝屋川は1949年創部の伝統校。甲子園には、56年のセンバツに初出場すると、翌57

年は春夏連続出場。通算2勝を挙げている。57年夏は、早稲田実と延長11回の末0対1の熱戦を展開するも、王貞治にノーヒットノーランで敗れた。だが、それも過去の栄光。近年は低迷し、ＯＢの達監督も母校の上位進出は記憶にない。そんな普通の公立校が、５月12日の準々決勝で当たることになったのが、高校球界の絶対王者で、１か月前の春のセンバツで優勝している大阪桐蔭だった。

「抽選を見て、第一声で『桐蔭まで行きたいね』と言ってました。大阪学院戦あたりから乗ってきた感じはありましたね」

とはいえ、大阪桐蔭は別格。この大会は故障でエースの柿木蓮（日本ハム）、主砲の藤原恭大（ロッテ）はベンチ外だったが、根尾昂（中日）、山田健太、主将の中川卓也ら前年からのレギュラーは健在。達監督に連絡してくるＯＢたちにも、勝利を期待する人はいなかった。

「桐蔭とやるというよりも『エイトまで来ちゃったじゃん』みたいな感じですね。『接戦したらニュースになるで』とか『根尾はこうやで』とか、出てくる話は、もちろん勝ったらどうなんて人は一人もいなかったですね」

ただ、公立校相手に大阪桐蔭が１００パーセントで来るわけがない。両校は毎年６月に練習試合をする間柄。大阪桐蔭はＢチームだが、それでも勝負にならない。実力差があるのは相手もわかっている。しかも、センバツが終わった後の春の大会。無理な選手起用をする必要もない。達監督はこんなことを考えていた。

「何の根拠もないんですけど、打てると思ったんです。春の大会の西谷（浩一、大阪桐蔭監督）さんのイメージは夏の準備。ベンチに入ってる中で、一番いいピッチャーは決勝なんですよ。だから、準決勝は横川（凱、巨人）、決勝は根尾のはず。僕らには3番手が出てくると思ったんです。ただ、抑えることはちょっと厳しい。ならば、10対8ぐらいの試合かなと。桐蔭は案外ビッグイニングをつくられるイメージがあったので（※詳細は拙著『超強豪校』参照）、8回に逆転して、なんとか9回を抑えて勝つみたいになったらいいなと思ってました」

柿木、藤原はいなかったが、今の高校野球において『TOIN』のユニフォームはブランドだ。選手たちは、試合前から周囲が大阪桐蔭を特別視しているのを感じていた。捕手の岡崎聡一郎は言う。

「試合が始まる前に、ベンチには入れるけど、まだ練習したらアカン時間があるんです。そのとき桐蔭は、普通にキャッチボールしてるんですよ。僕たちはできへんのに。審判が注意するかと思ったらせんくて、そっから、なんか桐蔭が勝つのが当たり前みたいな感じでした。審判も言いにくい感じになってるんかな。他のチームとちゃうなと」

エースの藤原涼太も同調する。

「僕たちがボール持ってベンチ前に出たら、審判が圧力をかけて『お前ら、中入れ』みたいになるんですけど。その時点で『やっぱ、桐蔭やな』みたいな空気はありました」

そう話す藤原にとっても、大阪桐蔭は特別。普段の試合とは、臨むまでの気持ちが違っていた。

「正直言うと、全然違います。『いつも通りいかないとアカンで』と言われてたんですけど、実際ちゃうんで。前日の夜は寝られへんかなと思ってたんで、だいぶ疲れさせてぐっすり寝ました。当日はいつも通りを装ってたんですけど、心の中は全然違いましたね」

女房役の岡崎は、試合前の藤原の様子を見て、いつもとの違いを感じていた。

「全然しゃべらなかったんですよ。他の試合では全然そんなことなかった。桐蔭を特別視してたわけじゃないけど、自然とみんな特別と思ってた感じですね」

メディアはもちろん、SNSなどでどんどん情報が入ってくる時代。露出度の高い大阪桐蔭の情報は嫌でも入ってくる。球速やホームラン数など、実績を知れば知るほど相手は大きく見えてしまう。寝屋川ナインに普段通りやれと言うのは酷というものだ。

大阪桐蔭打線を相手に3回までパーフェクトピッチング

だが、初回。寝屋川は2死からチャンスをつくる。藤原がショート根尾のエラーで出塁すると、4番の野田大智がライト前ヒットで一、三塁。一貫田裕貴が見逃し三振に倒れて無得点に終わったが、先発の背番号10・中田惟斗に手も足も出ない雰囲気はなかった。1番の岡崎は言う。

「初回の三振が悔しいんです。普通のピッチャーと思ってたら、最初2球当たらなかったんですよ（空振り）。あれってなって。やっぱり先頭は出たいので、なんとか粘ったんですけど（3球ファウル）、最後は高めのボールに手を出してしまった。でも、絶対打てへんみたいな感じではなかったので、みんなにもそれを伝えました」

その裏、マウンドの藤原は心の中とは反対に冷静だった。

「試合までの間に、一人で桐蔭打線に対するイメージトレーニングをしました。誰を警戒するとかはなかったです。ランナーをためんとこうとは思ってました。1点ずつやったらいいかと。基本的には外角を攻めて、最後インコースで詰まらせようと思ってましたね。

根尾は力があるので最初からインコース。外を拾われても入れられるので。石川と山田（健太）は、ちょっとドアスイングなので外という感じです。10点は取られへんと思ってました。5点やったらいけるかなと。まぁ、勝てる可能性はほぼゼロですね。貧打なんで、ウチが点取れへんやろうと思ってましたから」

初回は青地斗舞をショートフライ、山田優太をライトフライ、中川をセカンドゴロ。青地、中川には3ボールまでいったが、あわてなかった。

「だいぶ慎重です。ストライクゾーンに入れんとこうと。コントロールには自信あるんで、3－0になっても（ストライクは）3つ連続で取れるんで大丈夫かなと」

2回裏は根尾を3－2から内角スライダーで空振り三振、山田健をセンターフライ、石川瑞貴をサードゴロ。3回裏は飯田光希をサードゴロ、石井雄也をレフトフライ、中田を三振。本来のレギュラーは5人だけとはいえ、大阪桐蔭打線を3回までパーフェクトに抑えてみせた。

「（無失点について）1巡目は予想してました。そんな、めっちゃ打つかな？　と。結局、メディアが取り上げてるだけで、いっしょの高校生なんで。プロじゃないんで打ち損じもあるやろうと思ってました。こういうこと言うから生意気って言われるんですけど（笑）。桐蔭は5回コールドにしようみたいなスイングでしたね。いっぱい打ち上げてくれたんでラッキーっすけど。パーフェクト？　まぁ、できすぎですね」

　藤原は右のオーバーハンド。球速は最速でも130キロで、常時126キロ程度。どこにでもいる投手だ。ツーシームなど手元で動くボールもあるが、「あれはメディアが挙げただけ。『持ち球は何ですか？』と訊かれて『ツーシーム』と答えたら、『ストレートが全部曲がってるように見えました』とツーシーム主体のピッチャーみたいに書かれた。いつもよりは使いましたけど、10〜15球ぐらいです」。まだ3回とはいえ、大阪桐蔭にとって無得点というのは想定外だろう。捕手の岡崎は言う。

「桐蔭は『楽勝だ』という雰囲気が出てましたね。大振りっていうか、とりあえず、フライが多いイメージがあったんですよ。みんなホームラン狙ってるんちゃうか、みたいな。打ち方が淡泊で桐蔭にしては脅威がない。スイングスピードはすごかったですけど」

　3回を終わって0対0。これは、乱打戦を予想した達監督にとっても想定外だった。だが、寝屋川にとっていい展開であることは間違いない。

「最高です。こんなことは一生ない、みたいな。それこそスタンドにおったら、『今のスコアボード、写真撮っとけよ』みたいな感じです。公立高校としたら、そんな世界ですよね。向こうはヒット0本で0点、こっちはヒット2本で0点。そんなスコアボードないよなと」

すべては藤原の好投のおかげ。桐蔭相手にどれだけ失点を少なくできるか。今後も、藤原の投球にかかっている。達監督は、そのためにどうすればいいかを考えた。

「藤原は全然雰囲気が違ったんですよ。調子がいいとかじゃなくて、とにかく集中してたんです。あの子らに言ったのは、『徹底して藤原に気をつかってやれ』ということ。『あいつが投げたいのに外野がポジションについてなくて待たないといけないとか、誰かの準備が遅れてあの子のリズムが崩れることだけは絶対ないようにしてやれ』と」

集中力で根尾昂から2打席連続三振

ところが、4回裏。藤原のリズムが崩れるようなことが起こる。先頭の青地に四球を与えた後、2番・山田優のときに藤原が一塁へけん制。何の違和感もない普通のけん制球だったが、これがボークと判定された。藤原は言う。

「あれは絶対ボークじゃないですよ。足跡も見たんですけど、問題ない。審判にも『何がボークなんですか』って訊いたんですよ。そしたら、（説明されず）『いや、ボーク』って言われました」

捕手の岡崎も達監督も「なぜボークかわからない」という不可解な判定。藤原は「影響はない」と言うが、リズムが崩れたのは間違いない。この直後、山田優にライトへ二塁打を打たれて先制点を許した。さらに、中川に四球を与えて一、二塁。打席には根尾を迎える。寝屋川としては、一気に大量失点の恐れがある場面だ。だが、意外にも達監督はそこまで心配していなかった。

「たぶん夏とかその先を見据えてやと思うんですけど、根尾のここまでの春の大会を見ていたら、必要以上に振っとるんですよ。とにかく強く振ることを考えてるような、マン振りに近い感じ。公立相手にも三振をしてる状態でしたから。試合前にも、『今の根尾なら粗さがあるで』と。1打席目も低めのボール球を振っての三振だったので、岡崎に『オレはあの低めが見えてないと思うけど、どう思う?』と。岡崎も『そうやと思います』と言うので、『じゃあ、それでいこうか』と話しました」

達監督の期待通り、藤原が踏ん張る。ファウルと空振りの2球で追い込むと、2-2から外角のチェンジアップを振らせて空振り三振。すでにドラフト1位間違いなしといわれていた好打者から、2打席連続三振を奪った。藤原は言う。

「このときの根尾はブンブン丸でしたね。このチェンジアップはベストピッチ。チェンジアップはどこ狙っても外角低めに行く自信があるんで、追い込んだらチェンジアップというのは頭の中にありました」

根尾の三振で球場が沸く。これで息を吹き返した藤原は山田健、石川をセンターフライに打ち取り、最少失点にとどめた。

5回裏は下位打線の7番・飯田、8番・石井の連打と代打・湊大輔の犠打で1死二、三塁のピンチ。達監督の頭には「公立によくある、序盤がんばったけど中盤に5、6点取られてコールド」の展開がよぎるが、藤原は青地をセンターフライ、山田優をセカンドフライに斬って取り、5回を1失点。0対1でグラウンド整備を迎えた。

「何よりもゲームプランとまったく違ってたので、選手には『どうも申し訳ない。すまん』と(笑)。『こうなった以上、プランは考え直さないといけない。でも、こうなったら一番いいねというゲームにはなってる。この流れでいけば、勝負は終盤だ』と話しました。藤原の集中に気をつかって、そんなに長くしゃべってないと思います」

監督も気をつかうほど、この日の藤原は様子が違っていた。

「まったく違いましたね。3月の練習試合で一回だけ変わったときがあったんです。でも、大会に入って抑えたら『よっしゃー』言うとる。それが、この試合は根尾を三振させても、ピンチをしのいでも普通に帰ってきてましたから」

セカンドのキャプテン・一貫田裕貴もエースが明らかにいつもと違うことを感じていた。

「いつもやったら、茶化した顔で後ろ（セカンドの方）を見てきたりするんですけど、あのときは何のしぐさもなかった。ピッチングに集中してるって感じでした」

いつもは喜怒哀楽を出す藤原が、出さない。冷静に投げ、桐蔭打線を打ち取っていく。その姿を見て、達監督も選手たちも「今日の藤原は〝ゾーン〟に入っている」と思った。ところが、この日の藤原が感情を出さないのには、別の理由があった。藤原が明かす。

「当日はのどが痛かったんです。いつもは三振取ったら吠えるんですよ。でも、のどが痛くて吠えれんかった。それを冷静だと言われたんです。集中力はいつもよりあったんですけど、『よっしゃ』と思ってものどが痛いから吠えんとこうと思いました（笑）」

吠えなかったのがよかったのかどうかは不明だが、一喜一憂せず、淡々と投げて5回を3安打1失点。

「スコアボード見たときに『気持ちいいな』って思いました。整備中は基本いつも話さないです。氷を持ってきてもらって、うちわであおいでもらって、冷たいアクエリアスを飲む。このときはのど痛かったので緑茶にしましたけど（笑）。顔はいつもより怖かったと思います。試合終わった後、みんなに『めっちゃ怖かったな』って言われましたから。それは、集中してたからやと思います」

7回終了時3点リードから、微妙な判定で1点差に

大阪桐蔭は、6回表からセンバツではメンバー外だった左腕・道端晃大がマウンドに上がる。6、7回と寝屋川はチャンスをつくれなかったが、大阪桐蔭はいずれも得点圏に走者を送りながら無得点。選手たちもいよいよ雰囲気が変わってきているのを感じた。サードの吉村聡裕は言う。

「中盤ぐらいから、桐蔭の選手が外野フライを打ち上げたときに、舌打ちして地面を蹴ったりしてたんです。そういうのが見え始めて、桐蔭らしさがないなと」

そして迎えた8回表。9番からの攻撃を前に達監督が声をかけた。

「いくならこの回や！」

その通り、7回まで4安打無得点だった寝屋川にチャンスが来た。1死から1番の岡崎がセカンドの失策で出塁すると、すかさず二盗を決める。岡崎はこう言って胸を張る。

「『走ります』って自分からサイン出したんですよ。それぐらいピッチャーのフォームが余裕ない感じやった。盗塁はしやすかったです」

続く無量井優宏が四球の後、藤原がレフト前に運んで1死満塁。打席にはこの日2安打の4番・野田が入った。

「期待はありましたね。どちらかというと、いいときは固め打ちするタイプなので」

そう話す達監督の期待に応え、2球目をとらえた野田の打球は右中間へ。3人の走者を一掃する二塁打になった。さらに、5番・一貫田の左中間に落ちるヒットで野田が生還。寝屋川が4対1とリードした。

「一貫田が打ったとき、野田が普通にスタートを切ってくれたんです。公立で、相手が桐蔭で、準々決勝でこの展開やったら、打球を見てしまって還れないとかあるのに。僕はこれがこの試合で一番いいプレーやと思います」

あとアウト6つで3点差。この展開で勝ちが見えない方がおかしい。達監督は言う。

「見えたらアカンのに、見えちゃったんですよ。8割ぐらい勝ちが見えてました。みんなそうやと思います。3対1でもいいのに、4対1なんで。後から、こんなこと言うから勝てへんのやと思いましたけど、横におる部長に『これ、大変なことになりますね』と言ったんですよ。部長も『そやな』と。そんな監督やったら勝てないですよ（笑）。でも、そのぐらいこの年の桐蔭は別格じゃないですか」

監督がそう思うぐらいだから、選手も同じように思うのが普通だ。

「見えましたね。もらったわって（笑）」（藤原）
「自分のチームより実力がはるかに上のところ、強いところを倒すときって、こういう試合展開になるんだって思いました。そのときまで1点しか取られてないし、3点のリードがあったんで、今日の藤原ならこのまま逃げ切れる可能性は十分あるなと思ってました」（一貫田）

1対0の展開で来ていた試合が、どちらかに得点が入った途端に大きく動くのはよくあること。8回裏、藤原は先頭の2番・山田優にセンター前ヒットを許した。
「点を取ると無駄に意識しちゃうんですよ。点取って、緩んだらアカンと思った時点で意識してるじゃないですか。点取らんかったら別に意識しないんですけど、緩んだらアカンという気持ちで打たれるんですよ」

中川はライトフライで1死となり、打席には根尾。終盤に来て、スター選手の結果は大きく試合を左右する。特にこの試合は、もう一人のドラフト1位候補・藤原恭大が不在のため、観客の注目は根尾一人に集まっていた。

カウント3－2からの6球目。藤原が選んだのは内角ストレートだった。ややのけぞるようにして見送る根尾。最高の投球に見えたが、球審・岩崎の手は上がらない。「決まった」と思った藤原は、岡崎のミットを指差して悔しがった。

「あれは絶対ストライクですよね（笑）。『お前、また三振かよ』と思ったのに。これは腹立ちました。『はぁ⁉』みたいな。インコースのベースの上の真ん中にバーンと入った。何がボールやねんと。意味わかんなかったですね。高野連が桐蔭のブームに巻き込まれるのはよろしくないですよ」

そうやって、藤原が憎まれ口を叩くのも理解できるほど、これ以上ない球。それだけに、寝屋川ナインへの影響も大きかった。捕手の岡崎は言う。

「むっちゃええとこに決まったんです。後でビデオを見ても、ストライクちゃうかというのがあるんですけど……。根尾が堂々と見逃して、一塁へ歩いて行ったからフォアボールになった感じ。（藤原）涼太も『よっしゃー』みたいな感じやった中でのフォアボールやったんで、みんなが『えっ⁉　えっ⁉』みたいになったというのはありますね」

この四球で、ここまで喜怒哀楽を出さず、冷静に投げていた藤原が変わった。この試合で初めて首をかしげたのだ。岡崎は言う。

「そこで表情に出ましたね。普段は出る人。この試合は何があっても不動心、みたいな感じやったんですけど……。ここで崩れかけてるのに気づけてたら、この段階で声かけてたら、また変わったかもしれない」

ひとつの判定で試合が動くのは珍しくない。藤原の表情も変化した。タイムが欲しい場面だったが、エースに声をかける選手はいなかった。サードの吉村は言う。

「達先生が『今日の藤原はいつもと違うから、あんまり話しかけるな』と言ってたのもあって……。こんな〝ゾーン〟みたいなのは初めてやったから、声かけてウザいと言われたら……というのもありました」

続く山田健は、初球を叩いてレフト前へのタイムリーヒット。石川が四球で満塁となると、飯田がレフトに犠牲フライを打ち上げる。石井はレフトフライで同点こそ免れたが、3点あったリードはあっという間に1点になった。

ここまでは冷静に投げていた藤原だが、石川に四球を与えた場面も投げ終わった姿勢のまま、頭を下げて悔しがっている。根尾への1球の判定から、切り替えられないまま投げた結果の2失点だった。藤原は言う。

「立ち直ろうと思ってる時点で、もう立ち直れてないんで。心は動いてると思います」

9回2アウトで「80パーセント勝ったな」と……

3点リードで8割見えていた勝利が、1点差で「五分五分」（達監督）に。9回表、寝屋川はもう一度流れをつくるべく攻めた。1死からライト前ヒットで出た吉村が、二塁へ盗塁。これは失敗に終わったが、岡崎もショート内野安打で出塁。得点はできなかったが、攻撃時間を延ばした。

「岡崎でもう一回盗塁をしないとアカンかったですね。それは動けなかった。ウチは公立なんでなんかせんと勝てんのですけど……」（達監督）

そして迎えた9回裏。勝利は目前だ。とはいえ、相手は大阪桐蔭。セカンドの一貫田はこんなことを考えていた。

「1点じゃ怖いんで、9回表にもう1点取れたら安心だったんですけど。他のチームと違って、桐蔭はどっからでも点が入る印象。9回裏は上位に回る怖い打順だったんで、不安でしたね」

藤原、小泉航平、宮崎仁斗といった主力が不在でも、やはり桐蔭打線は違う。

「全然違いますね。思うのは、どのバッターもシンプルにスイングが強いこと。それと、ボール球を振らないのはすごいと思いました。1ストライク、2ストライクまでは絶対（ストライクゾーンの）枠に入ってる球しか振らない。普通の公立校だったら、ボール球を振ってくれてトントントンと終わるイニングが多いんですけど、桐蔭はストライクしか打たないので、凡打になったとしても球数を投げさせられる。その分、守備が長いのでしんどいなと思ってました」

一貫田の言う通り、藤原は8回終了時ですでに140球も投げさせられていた。だが、当の藤原は球数など気にしていない。最終回のマウンドを前にして、こんなふうに思っていた。

「いけると思いました。経験上、最終回にそんなに点は取られないんで。ただ、最初のバッターの代打がブンブン丸じゃなかったんですよ。それでヤバいと思いました」

先頭打者は代打の宮脇大地。藤原は1－1から「勝負にいった」と低めのチェンジアップを投げるが、ライト前に落とされた。先頭が出塁して、球場の雰囲気がやや変わり始める。一貫田は言う。

「マジかって感じですね。先頭を出したら（点を）取られる確率は増える。『先頭は一番気をつけよう』と言い合ってたんですけど。ナイスボールでしたけど、運悪くポテンヒットでしたから」

続く1番・青地は送りバントで1死二塁。一打同点の場面になったが、寝屋川バッテリーにとってこのバントは大きかった。

「青地が当たってなかったのもあると思いますけど（3打数0安打）、桐蔭からアウト取るのは簡単じゃないので、もらえたのはデカかった。とりあえず1個もらえたなと」

岡崎がそう言えば、藤原もこう言う。
「これはだいぶうれしかったですね。めっちゃ遅いですよ、あの球。バスターエンドランやったら、僕、死んでました（笑）」
2番の山田優は、外角球に合わせただけのレフトフライ。意外に飛んでヒヤッとしたが無事に捕球し、勝利までついに「あと1アウト」に迫った。
「もう、勝ったですね。80パーセント勝ったなと。中川はフォアボールでもいい。厳しく攻めていこうと思いました」（藤原）
「2アウトまで勝つ意識はなかったんです。レフトフライで『これ、もう勝つやん』みたいになった。後からビデオで見たんですけど、ビデオの近くにいたおじさんは、最初桐蔭側やったのが、いつの間にか寝屋川側になってました。スタンドもそういうムードになってたんやと思います」（岡崎）
「いけるんじゃないかって思いました」（一貫田）
桐蔭打線にヒヤヒヤしながらも、選手たち同様、達監督も勝利を意識していた。
「来たって感じですね。今思い出してもにやけちゃいますね（笑）。とはいえ、ランナーが二塁におることは事実。桐蔭相手に外野を深く守らすことはやっとったんです。ただ、2アウト二塁、あと一人で勝てるという場面で外野を特別前には出さなかった。ヒット1

本で還られる可能性は十分ありますけど、フライを捕ったらアウトなんで」

ここまでの26個のアウトのうち、実に16個がフライアウト。ゴロのシングルヒットが来る確率よりも、フライが来る確率の方が高い。打席には3番の中川。この試合は四球がひとつあるものの、ここまでセカンドゴロ、レフトフライ、ライトフライの3打数0安打だった。

打ち取ったセカンドゴロのトンネルから、悪夢のサヨナラ負け

中川に対する1球目。藤原が投げたのは内角へのストレートだった。「あと1アウト」まで来ても、攻める姿勢を崩さない。ストライクで0－1。

「めっちゃ気持ちよかったんですよ。中川はイキった顔して構えてるけど、絶対焦ってるやんと」（藤原）

そして、2球目。岡崎が構えたのはまたもインコース。今度はスライダーだった。高めに入ったところを中川がとらえたが、打球はセカンド・一貫田の真正面に飛んだ。

「甘かったのを打ち損じてくれた感じ。中川が『あー』って下向いた。あきらめた感じを

出したので、『終わる』って思ったんは覚えてます」（岡崎）

右ひざを地面につき、捕球体勢に入る一貫田。藤原が「勝った」と思った直後、まさかの出来事が起こる。ボールが一貫田の股間を抜けていったのだ。

トンネル――。

打球がライト前に転がる間に、二塁から宮脇がホームイン。最後の最後に同点に追いつかれた。あの場面について、一貫田は言う。

「ゴロだけどバウンドしない、地面を這う感じの打球でした。打球が来た瞬間、『よっしゃ、勝った』と思いました。それが、緊張してたのもあったのかもしれないですけど、正面すぎて、〝ド正面〟で足が動かなくなった。ランナーが二塁にいるので、反射的に『前に落とさなアカン』と思って腰を落としたんですけど、腰が浮いたわけじゃなくて、グローブだけ浮いて抜けていった。捕ったとは思ってはないですけど、ちょっと怖かったんですかね。わからないです。気づいたら抜けてたという感じです。それまで何歩か動いてのトンネルなら何回かしたことあるんですけど、バットとボールが当たって、一歩も動かずのトンネルは初めてです」

守備のうまいキャプテンのまさかの失策。達監督はこう振り返る。

「打った瞬間、『ハッ』と。息を呑むとは、まさにこのことです。たぶん球場全体がそうやったと思いますね。今、自分が監督というのはまったく頭から消えてしまって、うわ〜ってヤツですね。ベンチが三塁側やったんで、一貫田が捕球体勢に入ってるのは見えたんです。（その後）パッと後ろ振り向いたんで、『あ、トンネルしよったんや』と。抜けた瞬間にガクッじゃなくて、あれっと思ったのはすごい覚えてます。真正面やったんでガチッと止まった。1メートルでも2メートルでも左か右にずれてれば、自然と足が動いて捕れたかなと思いますね」

打球がライト前に転がるのを見た藤原は、マウンドの横で敗戦投手のようにひざから崩れ落ち、両手をついてがっくりとうなだれた。本来なら捕手の後ろへバックアップに行かなければいけないが、そんな気力はなかった。

「同点で、負けたなと。もう点取れないんで。言っちゃ悪いんですけど、延長にしたら勝ち目ないです。僕、身体硬いんであんな姿勢できないんですよ。それが、あのときああいう姿勢になってるのがすごい（笑）。（がっかりした姿は）見せんとこうといつも思ってるんですけど、思ってても、いざああなったらなると思います」

藤原のこの姿は、達監督もよく覚えている。

「この試合であの子が出していた、今までになかった普段とは違う空気感が消えた。糸が切れたってやつですね。カバーに行かないといけないという前に、心の底から100パー

5	6	7	8	9	計
0	0	0	4	0	4
0	0	0	2	2X	5

[寝屋川]

	選手名	打数	安打	打点	1	2	3	4	5	6	7	8	9
1（捕）	△岡　崎	5	2	0	三振	…	二安	…	左飛	…	…	二失	遊安
2（中）	△無量井	4	0	0	三振	…	三振	…	…	一ゴ	…	四球	一ゴ
3（投）	藤　原	4	1	0	遊失	…	…	遊ゴ	…	左飛	…	左安	…
4（右）	△野　田	4	3	3	右安	…	…	右安	…	遊ゴ	…	右2	…
右	下　山	0	0	0	…	…	…	…	…	…	…	…	…
5（二）	△一貫田	3	1	1	三振	…	…	四球	…	…	右飛	左安	…
6（左）	田　崎	3	0	0	…	三振	…	遊併	…	…	遊ゴ	投ギ	…
7（遊）	人　見	3	1	0	…	左安	…	…	一邪	…	四球	右飛	…
8（一）	亀　山	4	0	0	…	三振	…	…	三ゴ	…	三振	…	二ゴ
9（三）	吉　村	4	1	0	…	…	一邪	…	遊失	…	…	一ゴ	右安
併 0	残 7	34	9	4									

選手名	回数	打者	安打	三振	四球	失点	自責
藤　原	8⅔	40	9	3	4	5	3

2018春季大阪大会準々決勝

チーム	1	2	3	4
寝屋川	0	0	0	0
大阪桐蔭	0	0	0	1

[大阪桐蔭]

	選手名	打数	安打	打点	1	2	3	4	5	6	7	8	9
1 (中)	△青　地	3	0	0	遊飛	…	…	四球	中飛	…	二ゴ	…	投ギ
2 (三)	△山田優	5	2	1	右飛	…	…	右2	二飛	…	…	中安	左飛
3 (一)	△中　川	4	0	0	二ゴ	…	…	四球	…	左飛	…	右飛	二失
4 (遊)	△根　尾	4	2	1	…	三振	…	三振	…	中2	…	四球	左2
5 (二)	山田健	4	1	1	…	中飛		中飛	…	中飛	…	左安	…
6 (右)	石　川	3	0	0	…	三ゴ	…	中飛	…	中飛	…	四球	…
7 (左) 捕	飯　田	3	2	1	…	…	三ゴ	…	左2	…	中安	左犠	…
8 (捕) 左	石　井	4	1	0	…	…	左飛	…	中安	…	遊飛	左飛	…
9 (投)	中　田	1	0	0	…	…	三振	…	…	…	…	…	…
打	湊	1	0	0	…	…	…	…	投ゴ	…	…	…	…
投	△道　端	0	0	0	…	…	…	…	…	…	投ギ	…	…
打	△宮　脇	1	1	0	…	…	…	…	…	…	…	…	中安
併1　残8		33	9	4									

選手名	回数	打者	安打	三振	四球	失点	自責
中　田	5	19	4	6	1	0	0
△道　端	4	19	5	1	2	4	3

セントがっくりきたんでしょうね。素が出ましたね」

同点に追いつかれたとはいえ、2死一塁。あとひとつアウトを取れば、延長に持ち込める。だが、寝屋川ナインにそう思えるだけの余裕はなかった。根尾に対する2球目。簡単にストライクを取りにいった外角のストレートを見逃してくれるはずがない。打球はレフトフェンスを直撃する二塁打。中川が一塁から一気にホームへ還り、サヨナラで試合が終わった。

「ここは僕の一番の後悔ですね。絶対にタイムを取ってあげないといけなかった。根尾勝負じゃなくてよかったので。僕もがっくりきちゃってダメでしたね」（達監督）

そう話す指揮官以上に悔やむのが、捕手の岡崎だ。

「涼太が完璧にべちゃーっとなったので、ホンマにヤバいと思いました。自分は行って声はかけたんですけど、今考えると、なんで内野を集めんかったんかなと。自分も不動心を保てず、『あー、ヤバい、ヤバい』だけ。ピッチャーにだけ声かけて、『2アウト』って言うだけで普通に試合を始めてしまいました。まだ同点なのに、正直、そこで試合が決まってもうたんかなと」

張り詰めていた気持ちが切れてしまった。浮かぶのは、「勝てなかった」ということだけ。目の前の打者である根尾に向かう気持ちは残っていなかった。

「配球も淡泊。特に何も考えず、どっちかっていうと『追いつかれたから早く次の回いかなきゃ』みたいな。早よ終わらせたいという感じで、すぐサイン出して投げさせたら打たれて終わってしまった」

大阪桐蔭が大阪の公立校に負けたのは10年7月23日、夏の大阪大会の3回戦で桜宮に2対5で敗れたのが最後。8年ぶりの快挙は、目前で夢と消えた。

悔やまれる、間の取り方と声のかけ方

この試合で、達監督も選手たちも悔いを残していることがある。それは、間の取り方と声のかけ方だ。岡崎が悔やむのはふたつの場面。ひとつは、8回裏、藤原が根尾に対し、最高の球を投げながらボールと判定されたとき。

「根尾のフォアボールのときに、ピッチャーに同情する感じで『今の入ってたな』みたいなこと言って、ちょっと落ち着かせてから『もうちょっとやからがんばろうな』と言えばよかった」

もうひとつは、トンネルで同点に追いつかれた直後だ。

「あのとき、僕は『ドンマイ』しか言えなかったんです（笑）。それだけ言って、帰った。ドンマイって何やろうなと思うんですけど（笑）。何て言ったらいいかわからなかった。どういう言葉をかけるのが正解なのか、わからんかったんです。今やったら、ピッチャーが倒れてるから、まず内野を集めて、みんなで冷静になって声かけ合うようにはします。バッテリー間だけで終わらせても仕方ないので」

ミスをしてしまった一貫田も、直後の場面を悔やむ。自ら声を出し、ショートに「切り替えよう」と声をかけたが、全体に声はかけなかった。

「ボールが抜けた後、すぐに4つ（バックホーム）のラインに入ったので、藤原が崩れたのは知らなかったんです。後からユーチューブを見て『こいつ、こんなんしてるやん』と。藤原があぁなってるんやったら、キャプテンとしてタイムを取って、もう一度気持ちを入れ直すべきでした。相手（投手）はまだ横川は出てこず、道端のままだったんで、可能性は低いかもしれないですけど、まだ勝負はできたかなと」

タイムや声に関して、達監督は言う。

「ベンチからのタイムは基本使わないんです。いいか悪いかは別にして、ウチはそれでやってる。ただ、今振り返って声とか間に悔いを残すのなら、たまには練習試合から伝令もやっとかなアカンかったなと。エラーした後、みんな声はかけてると思います。でも、それが（選手の頭に）入ってないんやったら、タイムをかけないといけないですよね」

間を取ったからといって、結果が変わるかどうかはわからない。だが、何もしなければ結果は変わらない。できること、やるべきことはやり切った方がいい。

その意味で、達監督が大きく悔いを残しているのは、試合中よりも試合前。試合に入るまでの段階で、指揮官としてやるべきこと、できたことがあった。

「桐蔭と対戦が決まった後、試合まで1週間あったんです。準備できることはいっぱいあった。守り方はこう、走塁はこう絡めようとデータを渡してしゃべりました。ただ、今思うと伝えてるのは、全部負けてるときをイメージしてるんですよね。先に点を取られたら、どうやって追いつこうとか。1、2点取られたけど、それ以上取られないためにどうピンチで守ろうとか。いろんなことを1週間で伝えたんですけど、ただ一点言わなかったことが、勝ってる状態で9回を迎えること。勝ってる状態で9回2アウトになって、今からこのアウトを取ったら勝ちだという練習は一回もしなかった。偉そうなこと言ってるくせに、僕が勝ちにいってなかったと思います。それはホンマにそうやと思います。だからお詫びしかないですね」

平日の練習時間が1時間半しかない公立の進学校が、野球エリートの揃う大阪桐蔭に挑む。戦力差があり、圧倒的不利なのは間違いないが、勝負には〝うまくいきすぎる〟展開というものがある。

「それこそシートノックでも、9回2アウトからを想定してサードゴロ、ショートゴロ、セカンドゴロ、ファーストゴロ、全員に外野フライとやっとけば、もしかしたら結果も変わったかもしれないと思います。残念です。一回ぐらいやっとけよって」

18年のサッカーワールドカップで、下馬評の低かった日本が、優勝候補のベルギーに2対0とリードしながら逆転負けを喫したことがあった。これも、〝うまくいきすぎる〟という想定外。試合後、西野朗監督は「ベルギーに抵抗できるのではないかと思ったが、最後にこういうことになる形は組み立てていなかった」と言った。たとえ可能性は低くても、リードした状態で「あと1アウト」を迎える準備はしておかなければいけない。

うわべだけの〝試合想定〟は無意味

大阪桐蔭を相手に「あと1アウト」まで迫ったときの心境を藤原はこう表現した。

「勝ちたいのはどこ相手でもいっしょなんですけど、桐蔭のときは、『ヤバい、勝ったら一面やな』みたいな感じでした（笑）。緊張感よりもわくわく感ですね。ちっちゃい頃に、初めてゲームを買うみたいな感じです。興奮というか、ドキドキ。心臓の音が聞こえてきました」

自分で心臓の鼓動がわかるぐらいのドキドキ感。身体もそれに反応するため、自然とテンポが速くなる。9回2死で中川を打席に迎えたとき、藤原には勝った場面が見えたという。見えたのは、ライトフライに打ち取る光景だった。

「(それが浮かぶのは)まぁ、悪いことでしょうね。レジェンドといわれるプロのメンタルは一定ですよね。それはどうやってるのかなと。試合を無として見たらできるんですけど、それは絶対できないじゃないですか。勝ちたいと思わなかったらわくわくもしないですし、勝ちたいと思わないで野球やるヤツなんてただのアホなんで」

大きなことを成し遂げようとするとき、ドキドキしない人間はいない。心臓の音が聞こえるぐらいの状態で、いかに投げるか。いかに練習するか。一貫田はこう言った。

「もうすぐ勝てるというのと、これ以上の場面はないなというのでドキドキしてました。高揚感と過去一番の緊張が混ざった感じです。ドキドキは絶対にするものだと思います。自分の場合、(入試など)試験とかはあんまり緊張しない。チームスポーツだから、ミスしたら周りに迷惑がかかる。そういう意味で緊張しました」

一人のミスがチームの勝敗に影響する。個人競技よりも責任感が必要なのがチームスポーツだ。だが勝利すれば、仲間がいる分、喜びは何倍にもなる。

「あれが実力です。あのときの自分なら、２回目が飛んできてもエラーしてると思います。速い打球ではありましたけど、見たことない打球ではなかった。練習なら普通に足を動かして捕れたと思います。試合でできないというのは、試合の雰囲気で練習をできていなかったということ。『試合を想定しよう』って、言うことは言ってたんですけど、いざ自分がエラーしてみると全然できてなかったのがわかった。ここ一番の緊張感、集中力で練習してなかった。練習の姿勢から変えるべきだとそのとき思いました」

試合のつもりで練習をやれ。

試合を想定してやれ。

指導者からも何度も言われることだ。だが、実際にその雰囲気をつくることが、どれだけ難しいか。

「みんな『試合を想定してやろう』と口では言うけど、それが難しいことを理解するのも難しい。だからこそ、チーム全員が試合の空気、緊張感を持って取り組まないとうわべだけの試合想定になる。本当の雰囲気をつくらないと、その練習は無意味に終わってしまうと思います」

関学大で野球を続けている一貫田。部員が２００人をゆうに超える大所帯だからこそ、思うことがある。

「人数が多い分、ミスが目立ちにくいというか、ミスしても何も言われない環境だと思うんです。それに甘えて緊張感なく練習をしてたら、練習での守備はうまくなっても、試合でのここ一番での守備の力は上がっていかない。高校のときの教訓を忘れず、ここ一番で守備で使える選手になれるよう意識して練習しています」

そして、もうひとつ。〝うまくいきすぎる〟展開について、だ。一貫田自身、大阪桐蔭には「勝てると思ってなかったです。勝とうという思いはありましたけど、まさかあそこまでいけると思ってなかった」。事の重大さを把握したのは、ミスをした直後ではなく、試合が終わってからだった。

「着替えてるときにスコアボードを見て、『あー』って。『E1』ってついてて、そうかって……」

だからこそ、こんなことを感じている。

「格上の選手とか、格上のチームに勝つという自分の実力に伴ってない発言をしたら、勝てなかったときに周りから笑われたり、恥ずかしい思いをしたりする。そうなりたくないから、(言わずに)自分に保険をかけたいって気持ちがある人もいると思うんです。でも、それで負けるよりも、本気で、心の底から勝てると思って、勝ちにいって負けたときの方が、後悔は少ないと思います。そっちの方が勝てる可能性も高いと思いますし。

今までせっかく練習してきたのに、相手がどこかによって、自分たちの試合に取り組む心の状態が変わるのはすごくもったいない。今まで何のために練習してきたんだって話になると思うんで。どこが相手であっても勝つ気持ちでやるのは、ホントに難しいことだと思いますけど、その気持ちを持ってるチームが、最後に勝つんじゃないかと思います」

勝負に臨む前から「無理だ」という気持ちがあれば、その時点で負けは決定しているようなもの。相手がどんなに強くても、本気で勝ちにいく。そのために、本気の緊張感を持って練習する。負けるのは相手にではない。不利な条件を言い訳にして、勝ちをあきらめている自分自身に、なのだ。「やってやる」という強い気持ちがあるからこそ、勝負脳も働く。どんな環境でも言い訳せず、本気で目指すからこそ、奇跡はやってくる。

勝負脳の考察

緊張することで交感神経の働きが高まり、心臓や脳がフル回転する

◉〝引き算思考〟ではなく〝足し算思考〟が勝利を呼び込む

大阪桐蔭は強い。それは事実だ。特に18年のチームは史上初となる二度目の春夏連覇、高卒でプロ入りする選手が4人、1年間でたった12人しかいないドラフト1位が二人……。メディアでも優勝候補、世代最強、絶対王者など強さを表現する文字が並ぶ。だが、それがイコール絶対勝てない理由にはならない。最初から相手がすごい理由を探すということは、わざわざ脳に「無理」だと思い込ませるようなもの。マイナスの情報を集める〝引き算思考〟になっている。

キャプテンの一貫田が言っているように、いくら大阪桐蔭相手でも、「絶対勝ってや

る」という気持ちが必要。あいさつの仕方、道具を大切にする気持ち、チームの一体感、短時間集中の練習、野球だけではなく、文武両道で取り組んでいる誇り……。どんなことでもいいから、勝てる部分を探す〝足し算思考〟にすることが必要だ。林先生によると、〝引き算思考〟が〝足し算思考〟を上回ってしまうと、脳は勝てない方に「統一・一貫性」を合わせるため、試合の流れは無意識に勝てない方向へ向かってしまう（『勝ちつづけるチームをつくる　勝負強さの脳科学「ピットフォール」の壁を破れ！』より）。

もうひとつ、知っておくべきなのは、脳には「自己保存」という「自分を守ろうとする本能」があるということ。「どうせ勝てない」「あんなにいい選手が揃っているチームに勝つのは無理」という考えは、自己保存の反応が過剰に表れたもの。できないことを正当化したがっている状態だ（『困難に打ち克つ「脳とこころ」の法則』より）。

一貫田が言っているように、「格上の相手に勝つと言って、ダメだったら恥ずかしい思いをするから言わない」というのは、まさに「自己保存」の典型例だといえる。

いったん否定的な考えにとらわれると、脳は情報にマイナスのレッテルを貼ってしまうため、脳の思考力や記憶力などのパフォーマンスが落ちてしまう。その結果、本当はできることも失敗してしまうことにつながる（『子どもの才能は3歳、7歳、10歳で決まる！脳を鍛える10の方法』より）。否定語を使わず、「やってやる」という気持ちを持つことが必要だ。

そのうえで、リードしたり、接戦になったりするなど、相手が予想していない展開に持ち込めれば、相手に「簡単に勝てると思っていたのに……」「ちょっとヤバいかも……」という〝引き算思考〟の気持ちが出てくる。そうなるとミスも出やすくなる。一方で、こちらは相手がミスをして「いける」「勝てるかも」という〝足し算思考〟の気持ちが出てくる。〝足し算思考〟が〝引き算思考〟を上回れば、試合の流れが変わる。勝つ可能性が出てくる。野球の流れが変わるのは、気持ちが変わったときなのだ（『勝ちつづけるチームをつくる　勝負強さの脳科学「ピットフォール」の壁を破れ！』より）。

◉壁を破るために必要なのは、高く具体的な目標設定

大阪桐蔭が高い壁であることは間違いない。大阪府内では10年夏に桜宮に負けたのを最後に公立校に負けていない。甲子園でも公立校に負けたのは13年センバツの県岐阜商戦のただ一度だけだ。こういう情報を知れば知るほど、「統一・一貫性」の本能で「公立は大阪桐蔭に勝てない」という考えになる。甲子園で東北勢が優勝できないのも「統一・一貫

性」の本能が「東北のチームは優勝したことがない」という事実に合わせているからだ。その気持ちが、脳の持つ力を押さえ込んでいる。誰も破れていない記録や、一度もクリアしたことのない目標に対しては、脳が「統一・一貫性」を崩されることを避けようとするため、「きっと無理だろう」と自分で高い壁をつくってしまう（『解決する脳の力　無理難題の解決原理と80の方法』より）。

知っておいてもらいたいのは、壁は自分でつくっているということだ。陸上男子１００メートルがいい例だろう。17年に桐生祥秀が日本人として初めての９秒台となる９秒98をマークすると、19年にはサニブラウン・ハキームが９秒97を出して記録を更新した。「日本人には９秒台は無理」と言われ、１９９８年に伊東浩司が10秒00を出してから壁を破るまで19年もかかったのが、９秒台が出てからたった２年で新記録が誕生したのだ。

ひとたび記録が破られるとすぐに更新されるのは、誰もが「無理だ」と思っていたことによる壁が、「無理ではない」という情報がもたらされたことによって、「統一・一貫性」の本能が外れたことによる現象だ。「前例がない」「そんなことは無理に決まっている」という考え方をする人は、目標の高さとは関係なく、脳に壁をつくる習慣を身につけてしまっている。「できない自分」を先回りして正当化し、「失敗しても仕方がない」という状況をつくれば、越えられるハードルも越えられなくなる（『解決する脳の力　無理難題の解決原理と80の方法』より）。

壁を破るために必要なのは、高く具体的な目標設定。目標は「壁を破ったその先」に置くべきだ。「甲子園に出る」ではなく「甲子園に出て素晴らしい試合をして、観る人に感動を与える」。「大阪桐蔭に勝つ」ではなく、「桐蔭に勝って、全国の公立校に希望を与える」。そのうえで、目標を達成するために必要なことを練習に組み込むこと。そこまでやってこそ、壁を破れる可能性が生まれる（『解決する脳の力　無理難題の解決原理と80の方法』より）。

◉パフォーマンスが発揮できる適度な緊張状態をつくる

9回2死。「あと一人」となった場面で、監督も選手も「勝ったと思った」と言っている。野球は9回までと決まっている以上、誰もが終わりを意識することは避けられない。だが、まだ終わっていないのに「勝った」「終わった」「このリードを守りたい」「このままなら勝てる」という言葉を使うのは、脳にとっての否定語。これらの言葉を使うことで、自己報酬神経群に「これ以上機能しなくていい」「もうがんばらなくていい」と言っているのと同じことになってしまう。「そろそろ終わり」と考えることは、脳に「止まれ！」と命令しているようなもの。集中力が緩み、脳のパフォーマンスが落ちてしまう。それを避けるには、「ここからが大事だ」「ここからが最後の仕上げだ」という意識を持つこと。「ここからが大事だ」と気持ちを切り替え、そういう言葉をかけることで、自己報酬神経群の機能が落ちないようにする習慣をつけることが必要だ（『ちゃんと集中できる子の脳は10歳までに決まる』より）。

勝利まで「あと1アウト」となった時点で、藤原も一貫田も「ドキドキした」と言っている。こういう状況になると、つい「リラックスしろ」「肩の力を抜け」などと声をかけがちだが、脳の仕組みを考えると、それはとんでもないこと。「勝ってやる」「絶対勝つんだ」と意気込み、心臓がバクバクしている状態の方が、神経が興奮状態で働くため、パフォーマンスは上がるのだ（『ビジネス〈勝負脳〉脳科学が教えるリーダーの法則』より）。

言葉を換えれば、緊張しなくては勝負に勝てないということ。人間は緊張することによって交感神経の働きが高まり、心臓や脳がフル回転する。心臓の音が聞こえるぐらいドキドキするのは、交感神経が異常興奮状態で働くことによるもの。問題は交感神経の興奮を保ったまま、その弊害をどう抑えるかになる。緊張しすぎると自律神経が影響を受け、筋肉を硬くするため、手や声が震えたりして力を発揮できなくなるからだ。

そこで重要になるのが副交感神経。人間には、交感神経が過剰に働かないようにコントロールする副交感神経が備わっている。副交感神経の機能を高めると、適度に心臓や脳を緊張させて闘争能力を維持したまま、自律神経を安定させることができる。自律神経は自分の意思でコントロールできないが、呼吸によって間接的にコントロールする方法がある（『困難に打ち克つ「脳とこころ」の法則』より）。

息を吸うと交感神経の働きが高まり、息を長く吐けば副交感神経の働きが高まる。過度の緊張は交感神経の働きが勝っている状態。ハ〜ッと息をゆっくり長く吐き出すと、落ち着くことができる。長く吐くときに腹筋を締めるのがコツだ（『脳に悪い7つの習慣』より）。緊張状態が緩和されるだけでなく、身体の軸がきちっと整って運動能力も発揮できるようになる。ドキドキしたときは、腹筋を締めながら、ゆっくり息を吐いてみよう。パフォーマンスが発揮できる適度な緊張状態をつくれるはずだ。

◉勝負に勝つためには、本番と同様に練習でも全力投球しなければいけない

投手がドキドキした状態になったときのために、もうひとつ紹介したいのが、プロ通算

129勝、05年にセ・リーグ最多勝のタイトルを獲得した左腕・下柳剛（元阪神他）の練習方法だ。下柳は投球練習をする際に、1イニング分の球数を投げ、走って、またマウンドに戻って投げ、また走ってというのをくり返す〝インターバルピッチング〟をしていた。下柳は著書『気を込める』で、その練習をする意味、効果をこう語っている。

「ピンチになると、心拍数が上がるやろ。で、心拍数が上がった中でどれだけ普通のピッチングができるかっていうのは、練習では走って心拍数を上げてから投げるしかない。それをやってるから、ピンチでも『はい、練習で投げてますよ』と。あと、『あれだけしんどい練習したんやから、勝たないと、がんばらないともったいないやろ』っていうのも感じて。『ここで打たれたら、なんのためにやってきたのかわからないやろ？』って、より1球に対する大切さ、気持ちの入り方は強くなったね」

いかに本番を想定した準備をするかも、緊張状態で本来のパフォーマンスを発揮するためには欠かせない。

「試合のつもりで練習しろ」

スポーツをやっている人なら、誰もが言われたことのある言葉だろう。実は、これはきちんと脳の機能に基づいている。本番と練習を別のものだと考えていれば、本番では必ず「統一・一貫性」が外れてしまうからだ。勝負に勝つためには、本番と同様に練習でも全力投球しなければいけない。

これで思い出すのが、夏の甲子園で04年に北海道勢初優勝、05年に57年ぶりの夏連覇、06年も準優勝した頃の駒大苫小牧だ。ブルペンでの投球練習。投手が暴投し、捕手が後ろに逸らすと、捕手はすぐに立ち上がってボールを拾いに行っていた。拾って終わりではない。拾ったと同時に送球する構えまでする。走者一塁を想定していれば二塁送球、走者二塁を想定していれば三塁送球の構え。そこまでやっていたチームは見たことがない。

バッティング練習も同じだ。どのチームも、試合形式やフリーバッティングのときは試合同様にヘルメットをかぶり、エルボーガードやフットガードをつけて行うが、ティーバッティングや素振りのときはそうしていない。面倒くさい、試合を想定していないのがその理由だ。

だが、駒大苫小牧の選手は違う。ティーバッティングでも、素振りでも、バットを使った練習をするときは常に試合と同じ格好をしていた。選手に理由を訊くと、「試合はこれでやるので。エルボーをつけているのと、つけていないのとでは感覚が違うんで」と平然と返された。常に本番を意識して取り組んでいるから、姿や準備も試合と同じになる。だから強かったのだ。練習のときから、「本番のつもり」ではなく、「これが本番」と思って練習しているから、他のチームでは気づかないような課題や問題点にも気づく。カバーリングやバックアップ、走塁は当時の駒大苫小牧が高校球界最高だろう。

ノックで「もう一丁」とか「もう一本お願いします」と言う選手やチームは、まさに試合を想定していない証拠。失敗したからといって、試合ではやり直しなどさせてもらえない。日頃の練習から、チャンスは一回しかないと植えつけることが大事だ。このように練習は練習、試合は試合という考えでいると、状況が変わることで気持ちも変わってしまう。その結果、あがってしまって集中できず、力が発揮できないで終わってしまう。

日頃から環境の「統一・一貫性」をつくっておくことで、本番でも動揺することなく、いつもと同じパフォーマンスが発揮できるようになる。口だけではなく、どれだけ本番を想定してやっているか。これが勝負脳を育てることにつながるのだ。

第3章

履正社

宿敵・大阪桐蔭戦で
「あと1アウト」から
悪夢の四者連続四球で押し出し

宿敵・大阪桐蔭戦で、公式戦未登板の投手を先発起用する奇策

一か八かの賭けに出た結果は、吉と出た。

公式戦初先発の背番号9が、誰もが予想しなかった力投を見せる。

勝利は目の前。

だが、ストライクが入らない。

右腕にはもう、力は残っていなかった。

2018年7月27日、第100回全国高校野球選手権北大阪大会準決勝。記念大会のため南北に分かれた北大阪大会は、セミファイナルで大一番を迎えていた。履正社対大阪桐蔭。いまや大阪のみならず、全国の高校球界を引っ張る存在となった二校の激突に、日本中のファンの注目が集まった。

前年の17年センバツでは、日本一を決める甲子園の決勝でぶつかった両校。お互い全国屈指の好素材を揃えるが、この年に限っては様相が異なる。大阪桐蔭は藤原恭大（ロッ

テ）、根尾昂（中日）のドラフト1位二人に加え、柿木蓮（日本ハム）、横川凱（巨人）と高卒でプロ入りする選手が4人もいた。それに対して、履正社はゼロ。前年ドラフト1位でロッテ入りした安田尚憲のような選手はいなかった。チーム力も、春のセンバツで優勝した桐蔭に対し、履正社は春は大阪大会4回戦敗退。秋の大阪大会決勝での直接対決も、桐蔭が9対2と完勝していた。接戦が予想される例年とは違い、今回は大阪桐蔭が圧倒的有利という下馬評だった。

毎年、お互いを意識するライバル同士だけに、戦力分析もできている。桐蔭戦に臨むにあたり、履正社の岡田龍生監督はこう思っていた。

「ちょっとどころじゃない。だいぶ格差があるという判断です。夏の大会に入ったときのウチのピッチャーの戦力、調子からしたら、最悪5回、もって7回（コールド）で終わるなという出来やった」

夏直前の6月の練習試合は大敗続き。大会に入っても、投手陣は初戦の2回戦で無名の公立校・摂津相手に11安打を浴びて5失点。なんとかサヨナラ勝ちという苦しいスタートだった。その後はエースナンバーをつけた位田遼介、2年生左腕の清水大成が立ち直って準決勝まで勝ち上がってはきたが、岡田監督は、とても大阪桐蔭の強力打線を抑えられるレベルではないと考えていた。

「あまりにピッチャーの出来がよくない。かといってメンバーの入れ替えはできないので、初戦が終わってから、ピッチャー経験者はみんな練習でどんどん放らしてみたんです。『お前アカン。お前はもうちょっと放ってみぃ』と言いながらね」

シート打撃で味方打線に投球していく中で、目に留まったのがキャプテンの濱内太陽だった。背番号は9。準優勝した前年のセンバツは、背番号17ながら主に5番打者として出場。打率・500を記録している。入学時は投手だったが、高校では1年生時に練習試合で数試合投げただけだった。

「濱内はルーズショルダーで、すぐ肩痛い言うんです。バッティングもよかったんで野手をしてたんですけど、大学行くための準備として『ピッチャーしたらどうや?』と。1年と3年なら体力が全然違う。筋力もついてるからとちょっとずつ投げさせたんです。ただ、(1年生時以降)オープン戦は1イニングも投げてない。僕らも全然ピッチャーとして考えてないし、大学行って投げられたらええなぐらいの感じでした」

濱内自身も、自分が投手だという意識はなかった。

「1年秋まではピッチャーでベンチ入りを目指してたんですけど、神宮大会に出て冬の(練習)期間が短くなって、ピッチャーの調整は難しいかなと。このまま野手で出場する機会をうかがおうと思いました。高校卒業後の野球人生ではピッチャーをやりたい思いがあったので、野手だけのトレーニングじゃなくて、ピッチャーにも効くようなトレーニングを取り入れるようにはしてました。あとは外野の送球とか、キャッチボールで肩の筋力は落とさないように意識してましたね。ただ、キャプテンもさせてもらってましたし、ピッチャーでまとめるというよりは野手でまとめる方向でいたので、バッターという感覚の方が強かったですね」

投手陣の不安もあって練習を始めたものの、あくまでも緊急事態や将来に備えてのもの。決して大阪桐蔭戦に備えていたわけではない。ところが、桐蔭戦前日。シート打撃での投げっぷりのよさが岡田監督の目を引いた。

「シートバッティングで打ってる打撃陣の感想も『結構ええです』という感じ。僕が見とっても『ええやん』となってきたんです」

とはいえ、前日の練習が終了した時点では、濱内の先発起用は考えていない。帰り際、岡田監督は部長やコーチ陣に「明日は（清水）大成でいくわ」と告げている。

「帰ってから、『んー、でもな』と。僕はようあるんですよ、そんなんが。ピッチングコーチに電話して、キャッチャーの野口（海音）に訊いてみようかと。野口に『どうや？もし濱内言うてもいけるか？』と訊いたら、『全然大丈夫です』と言う。キャッチャーが『それはちょっと……』みたいになったらしんどいと思ったんですけど、そんなんじゃなかったんで、いけるかなと。ピッチングコーチも『途中から出すんやったら、最初からいこうか』という感じやったし、どうせ5回で終わるんやったら先発でいこう。アカンかったら1回で代えたらええわと」

岡田監督から電話を受けた野口は、こんな気持ちだった。

「電話は何言ってるかわからなかったんです。『濱内』というところ以外わからなかった(笑)。ただ、『いけるか?』と訊かれて、練習でも投げてていい感じだったのでいけるかなと。マジかよ、とかはなかったですね」

勝つ確率を少しでも上げるためのひらめき

大阪桐蔭は相手投手の対策の際、映像を重視する。投球フォームや球筋をくり返し見ることで、イメージを鮮明にするためだ。そのため、ビデオに映っていない投手に弱い印象がある。岡田監督もそれは十分承知しているが、濱内に関してはそういう意味での起用ではなかった。

「桐蔭は必ず全試合ビデオを撮りに来てますからね。ただ、僕の中では奇襲という気持ちは全然ないんです。隠してたというわけでもないし。ウチのそのときの状況、いろんなことを考えてですね」

とはいえ、全国のファンが注目する試合での思い切った起用。練習試合でもほぼ未登板の選手を先発させるのは、岡田監督にとっても初めてだ。未知数ゆえ、リスクも大きい。指揮官としては勇気がいる。

「一か八かみたいな起用ですよね。練習試合も一回も放ってないのに（笑）。僕はピッチャーじゃないからできたんかもしれませんね。ピッチャーの経験があったら『こんな場面で……』となるけど、僕には全然ないから。位田や清水を投げさせたら何か（結果が）見えてる部分もあるし、濱内だったらわからんのちゃうか。どうせアカンのやったら何かしようと。もっとレベルが上がっていったら通用せんことでも、高校野球ではありだったりする。僕の中でのひらめきですわ。周りを気にしてたらできない。エースでいってダメならしょうがないやん、みたいなのは僕には全然ないんで。コーチと部長は『えーっ。きのう帰るとき、清水でいく言うたんちゃうんですか』って言ってましたけどね」

濱内が先発登板を告げられたのは当日の朝。公式戦初登板が3年生夏の大阪桐蔭戦となったが、本人に動揺はなかった。

「前日のシートバッティングで投げて調子は悪くなかったので、どこかのタイミングで登板するかなと予想はしてたんですけど、まさか先発とは思わなかったですね。ただ、もしかしたら……とは考えてたので、ハッとすることもなかったですし、落ち着いて試合を迎えることができました。世間の評判、下馬評は9対1か10対0で桐蔭。ただ、それでも勝てるのが野球なんで。桐蔭も僕たちとやるときはベンチからのヤジもすごいですし、そういうところでつけ入るスキはあるのかなと思ってました。世間の声はわかってましたけど、勝てると思って試合に臨みましたね」

対外試合の登板が2年ぶり。球場での登板は初めて。相手はスター揃いの大阪桐蔭。となれば、平常心を保つのは難しそうに思われるが、濱内はいたっていつも通りだった。

「普通にいけてしまったんですよね。もともと緊張しないタイプですし。後ろにピッチャーがいたんで、初回から100パーセントで投げればいいと思ってました。特別に心境の変化とかはなかったですし、大げさかもしれないですけど、いつも野手で出てるぐらいの気持ちで臨むことはできましたね」

自信と冷静さから生まれた最高のスタート

注目の立ち上がり。大阪桐蔭の1番は石川瑞貴だった。いつもは1番に右打者の宮崎仁斗、2番に左打者の青地斗舞というオーダーだが、この日は1番・石川、2番・宮崎と右打者が並ぶオーダー。西谷浩一監督が左腕の清水を予想していたのは明らかだった。相手の意表を突く起用。濱内は先頭打者への初球が勝負と考えていた。

「僕が投げる時点で相手は動揺じゃないですけど、つかみにくいなと思ってくれるかなとは思ってました。1球目は100パーセント腕を振りました。1球目で縮こまってしまったら、後に響いてくると思ったので、そこだけは全力じゃないですけど、できる限り腕を振るようにしました」

低めの変化球でストライク。2球目ファウルの後、3球目でピッチャーゴロを打たせて先頭打者を打ち取った。2番の宮崎には四球を与えるが、「焦らず、次のバッターだと思ってました。足が遅いんでゲッツー取れるかなと」。言葉通り、3番の中川卓也にはショートゴロを打たせて併殺。無失点で立ち上がった。2回表は先頭の藤原をチェンジアップで空振り三振。根尾はセカンドのエラーで出塁させるが、山田健太をショートゴロに打ち取り、2イニング連続の併殺打で0点。3回表は2死から安打を許すが、後続を打ち取り、序盤3回を無失点と最高のスタートを切った。

「もともと専門的に投げ込んでないので、フォアボールもネックに感じずに前向きに考えて投げることができました。エラーに関しては、僕以上にみんなの方があがってるなと思ってたので、仕方ないと割り切ってましたね」

開き直って思い切った起用をした岡田監督だが、当然不安もあった。

「初回に3、4点取られたら交代やと思ってました」

ところが、期待以上の好投。何よりも、濱内に緊張した様子が見られなかったのが大きかった。

「あの子はいつもポーカーフェイス。顔にそんなに出したりする子じゃないんですよ。緊張するとあえて明るく振る舞うとか、ようありますよね。そういうのはまったくなかった。もともと人間的にしっかりして落ち着いた子ですしね。それと、僕がずーっと思ってるのは、中学時代の『こいつはオレよりうまい』とか『こいつはオレより下』という感覚は、高校に来ても払拭できへんということ。高校でよくなっても、気持ちの中でどっかそういうのがある。その点、濱内は中学でジャパンに選ばれてたし、そこそこの選手やったから、あたふたするようなことはなかったですね」

中学時代は打者として大阪桐蔭からも誘われたという濱内。NOMOジャパンでは根尾、横川とチームメイトだっただけに、大阪桐蔭を必要以上に大きく見ることはなかった。

「(中学時代に)藤原とも何度か対戦しましたけど、藤原よりも枚方ボーイズというチームの怖さの方が強かった。友人もいるので、友達と対戦してるという感じでしたね」

近年は情報化社会。インターネットなどで誰がどこのチーム出身で、どんな実績があるのかはすぐに広まる。先入観と思い込みによって、中学時代の序列を崩せないまま名前負けする選手も多いが、濱内にはそれがなかった。

もうひとつ、岡田監督が感じたのが西谷監督の余裕。1回、2回は1死、3回は2死から走者を出したが、得意のエンドランは一度もなかった。

「走らせんでも、がっぷりでいけば（勝てる）という感じやったんちゃうかな。ヒッティングさせてんねんから、ダブルプレーも仕方ないという感じやと思います。それぐらい西谷も余裕あったんちゃうかな。客観的に分析して力の差がある。僕が桐蔭の監督やったとしても、負ける要素はないと思うでしょうね」

その一方で、3イニングを見て、岡田監督は手応えも感じていた。濱内の球が桐蔭打線に通用していたからだ。

「かわされてるというより、差されてたんですよ。差されてゴロになってゲッツー。だから、思ってるよりも球が来てるか、キレがあるかという感じかなと。芯食ったけど、たまたま正面にいってゲッツーではなかったので、桐蔭にも『あれっ』という気持ちが起こってきたんちゃうかなと」

相手が嫌がる間の駆け引きと配球で6回無失点

5回コールドも覚悟していた岡田監督にとって、3回無失点は100点満点。試合は中盤を迎える。4回表、濱内は2番の宮崎、3番の中川に連続四球。藤原、根尾の前に走者をためる悪いパターンだったが、落ち着いていた。

「フォアボールを出しても、二人で2アウト取ればいい。結果的にフォアボールもひとつの攻める手にはなったので、マイナスな考えはひとつもなかったですね」

無死一、二塁で藤原。カウント3－2からファウルで3球粘られるが、空振り三振。最後はチェンジアップでタイミングを外した。続く根尾は2－2からチェンジアップを打たせてセカンドゴロ。この試合3つ目の併殺でピンチを切り抜けた。

「チェンジアップは得意ではないです。得意球はひとつもないんで。はまったのは偶然ですね。まっすぐとスライダーだと左右の変化じゃないですか。チェンジアップは前後の変化。球速差もあるので前後の対応になる。コースはアバウトでいいんで、相手が打ちたいと思う高さに投げればガンガン振ってくるので使えるかなと。いろいろなことを考えないといけないというのは、バッターをしてて思ってましたけど、うまくできました」

野手として試合に出ているときから、常に配球を考えていたという濱内。球種だけでなく、マウンドさばきでも打ち取る方法を工夫していた。例えば、藤原に対する4球目。2－1のバッティングカウントだが、藤原は真ん中の甘いストレートを見送った。

「この試合は間をすごく大切にしてました。僕もバッターをしていて、どういうふうにされたら嫌かわかってるので、長く持ったり、クイックで投げたり、間の駆け引きで取れたストライクだったのかなと」

根尾の打席では、4球目を投げる前に自らボール交換を要求している。

「ボールが汚れてるのもあったんですけど、とにかく自分の間で投げたいというのがあったので。バッターはマウンドで何か時間を取られると嫌なので、そういう駆け引きは頭を使ってやってました」

5回表も1死から小泉航平に安打を許すが、8番・青地にショートゴロを打たせて併殺。5イニングで4併殺を奪う、相手の流れを止める投球だった。

「桐蔭は、厳しいコースに決まった球を投げても打ち返してくるんです。まっすぐをアウトコースのびたびたのところに投げても、金属では弾かれるのがわかってる。でも、高めを上から叩くシーンは見たことがない。コースはどこでもいいんで、胸元の高めいっぱいに投げれば絶対詰まるのはわかってました。高めだけは使えると思ってましたね。それでゲッツーがたくさん取れたかなと思います」

表情を変えず、淡々と投げる濱内。それに合わせるかのように岡田監督も平静を装った。

「ゲッツーは向こうにとっては最悪。ウチにとっては最高。ただ、濱内は抑えたとか、よっしゃとか、そういうのを出さない子。その場面で自分のやることを、全力でやってますというタイプの子やからね。僕がいつも以上にベンチで迎えたり、普段と違うことをしたりするのはどうかなと。確かに、現実は思ってた以上にうまくいってると思いますよ。誰もが想像以上の展開になってる。でも、10対0で勝ってても、どう考えても負けない10人しかいない公立とやっても、桐蔭とやっても変わらないようにしようと」

5回コールドも想定していたはずが、5回まで0対0。思ってもみない展開でグラウンド整備に入る。特に試合が拮抗している場合、グラウンド整備あけの6回に試合が動くことがよくあるが、岡田監督はそんな考えは持っていない。

「5回の整備がとか、初戦が（危ない）とか言うじゃないですか。僕は現役のときから今までそんなん思ったことがないんですよ。先入観がそうしてる。みんな自分でそういうもんをつくってしまってる。『整備の後は気をつけろ』と言うけど、整備で休んでるだけの話で、1回だろうが6回だろうが何がちゃうのという話。初戦で公立相手に接戦したら

『初戦は厳しい』とか言うけど、関係ない。そら、生徒はわかりませんよ。初めてやる子もおるわけやから。それに監督も乗っかってしまうと、絶対そうなるんですよ。今まで言ってないのに、『この回な』と言ったりね」

岡田監督が思い込みの影響を特に感じるのが、ゴルフをするときだという。

「『右に打ったらアカン』というときほど右へいくんですよ。アカンと思えば、そこへいくような身体の動きをしてしまう。野球も同じ。ピッチャーでも『ここは絶対真ん中に放ったらアカン』と思って投げると中に入ってしまう。『こうやって投げたらここへいくんや』と投げたら、絶対中に入っていかへんのです」

余計な意識をすれば、脳はその考えに引っ張られる。意識をしなければ、いつもと変わらない。岡田監督の言う通り、6回表、濱内は安打と犠打で2死二塁とされたが、中川をレフトフライに打ち取り、無失点に抑えた。6回までゼロを並べた状況について、濱内はこう振り返る。

「6回で0点の状況で、多少の焦りはどんな強豪校でもある。何らかのプレッシャーは与えられるのかなと。ベンチからは西谷監督からもヤジが飛んでました。ロジンを触ったときに肩を回したら『肩回したぞ、あいつ』とか。ちょっとした動揺を誘うようなことですね。それも楽しみながら投げてました。監督からヤジられてうれしかったですね。マウンドでもちょっと上から桐蔭を見れてたんで、そういう部分では少し心に余裕があったのかなと思います。桐蔭の圧を感じるというより、単純に勝負を楽しんでましたね」

熱中症で記憶も握力もない中でのピッチング

6回まで71球。最高のペースで来ているが、濱内は急造投手だ。練習のブルペンで投げるのは50球を超えたことがない。大阪桐蔭を相手に、神経を使いながら投げていることを考えると、球数以上の疲労があるのは明らかだった。

そして、7回表。藤原と3度目の対戦で、ついにとらえられる。ボール3つとファウル5つの3－2から、高めに浮いたチェンジアップをライト線に運ばれる三塁打。初めて走者を三塁に背負った。

「5回ぐらいから握力がなくなってきてました。6回終わったときに結構バテてるなと感じて、7回からは正直、熱中症で記憶がないんです。まっすぐに力もなかったんで、1、2点取られても仕方ないかなと思ってました」

この場面でベンチから伝令が来たが、濱内の記憶にはない。根尾には1－0からストレートを左中間に運ばれ、先制点を許した。レフトが緩慢な守備をする間に根尾は二塁へ。犠打で1死三塁となった後、再び伝令が送られたが、これも濱内の記憶にはない。そんな状態でも、小泉の4球目。三塁走者の根尾が走ったのに気づき、変化球をとっさにボールにしてスクイズをファウルにさせた。小泉は三振。ここで切り抜けたかったが、青地に左中間へ二塁打を打たれて2点目を許した。

「力入んないな、思うようになんないなと客観視はできてたかもしれません。ボーッとはしてないけど、リリースの感覚はなかったですね」

濱内はここで降板し、ライトに下がる。この回に入って抜け球が増えていたことからわかるように、限界といってよかった。岡田監督は言う。

「藤原の三塁打の時点でそろそろかなって感じはありますよね。暑さ、球数、いろんなことを考えたら、ここまでようがんばったなって感じですから。もう握力的な問題があったと思います。普通なら6月に土日連投させたり、150球とか少々球数が多くなっても放らせたりするんです。どれぐらい放れるのか、球数が増えたらどうなるのかをピッチャーに勉強させなアカンですからね。かわいそうやけど、濱内にはその経験がない。3年の6月も1イニングも投げてないんやから。当然最初から全力でいってますし、ここはもう仕方ないですね」

続く代打の飯田光希に対し、代わりにマウンドに上がった清水がタイムリーを浴びる。清水は次の石川にも四球を与えて降板した。なおも2死一、二塁のピンチは位田が抑えたが、履正社は終盤に来て3点差と苦しい展開になった。

「清水が1アウトも取れずに交代。これが誤算やったですね」

しかし、試合が動いたことで履正社にもチャンスが来た。6回まで、根尾に散発3安打7三振に抑えられていた打線がようやく目を覚ます。7回裏、1死から小深田大地が左中間二塁打で出ると、代打の松原任耶がセンター前ヒットでつないで一、三塁。ここで谷川天哉がセンターへ犠牲フライを打ち上げ、1点を返した。

「濱内は初回で交代もありえると思ってました。濱内はケガじゃない限り、ライトに残す。そうなると1回でもライトを代えないといけない。本当は松原をスタメンにしようと思ってたんですけど、いざというときに代えやすい桃谷（惟吹）を先発で使うたんです。松原は8回にも打ちましたからね。ここは正解やったと思うんですけど……」

岡田采配がズバリ的中。さらに野口が四球を選んで一、二塁となったところで、再び岡田監督が動いた。打順が投手の位田に回ったところで、代打に西川黎を送ったのだ。

「代打を出そうか出すまいか迷ったんですけど、位田はバッティングが全然ダメ。もう勝負やと思ったんです」

だが、勝負の采配は実らず、西川はセンターフライ。1点止まりに終わる。問題はここからだった。すでに清水はベンチに下がっている。位田も代えたことで、投げられる投手が濱内しかいなくなった。

「選択肢が濱内を戻すしかなかったんですよね。代打を出したことに反省はないんですけど、位田が控えていての代打だったんか、濱内を戻してこなアカン代打だったんかは、もうちょっと考えなアカンかったかなというのはありますよね。それこそ、バクチですもん。あれだけ投げてる濱内をまた戻してくるわけですから。ここはかわいそうなことをした。ホンマ申し訳なかったなと思います」

ライトに退いたとき、再登板は「まったく思ってなかった」という濱内。体力は限界だったが、そうは言っていられない。もう一度気持ちを入れ直した。

「位田に代打が送られたので、これはもしかしたらあるかなと。岡田先生か部長に『次いくで』と言われて、そらそやなと（笑）。自分しかいないんで、もう一回ギアを入れ直しました。四番手に1年がいって試合が崩れるよりは……という岡田先生の配慮もあったのかなと思います。僕が監督だったとしても、期待してる1年でもさすがにそこで投げさせられないかなと」

頭は冷静だったが、身体がついていかない。先頭の中川に安打で出塁されると、藤原に

2球目を投げる前に一塁にけん制悪送球。藤原には四球を与えて無死一、二塁とした。

「頭の中では、このタイミングでけん制を入れたら嫌かなと思って投げたつもりなんですけど、右手に握力ないのを忘れてて。やってしまったなと」

根尾のファーストゴロは一塁手が弾いたが（記録は安打）、濱内のベースカバーは遅れていた。

「自分の中では全力で走ってるんですけど。バテてますね」

無死満塁と絶体絶命のピンチ。だが、濱内は気力で踏ん張る。山田を空振り三振、小泉をサードゴロ、青地をセカンドゴロに打ち取り、0点で切り抜けた。ただ、この場面のことを濱内は「ラッキーだった」と言うだけでほとんど覚えていない。気持ちだけで投げていた。この姿を見て、岡田監督も選手たちにハッパをかける。

「ここは僕も『オッケー、オッケー』みたいな感じで、次の攻撃に流れが来るようにしてやらなアカンと思いました。終盤やからね」

9回1点リードで、バント失敗ゲッツーから2死走者なしに

すると、その裏。打線が濱内のがんばりに応える。先頭の筒井太成がレフト前ヒットで出ると、2番・西山虎太郎がライト線へ三塁打を放って1点。さらに濱内のファーストゴロを一塁手が弾く間に、西山がホームに還って同点とした。濱内は言う。

「打席に立ってても、いつも通りじゃないなと思ってました。フラフラで意識朦朧じゃないですけど、力強いスイングはできてないですね」

これで走者はいなくなったが、気力で点をもぎ取った濱内にプレゼントがやってくる。2死から小深田のショートフライを奥田一聖が落球(小深田は二進)して好機を得ると、前のイニングに代打でヒットを放っている松原が左中間へ勝ち越しの三塁打。履正社がこの試合初めてリードを奪った。

「なぜかわかんないですけど、この回に点は取るという自信がありました。1点は取れると思ってたんですけど、まさかつながるとは。トイレ側の裏でずっと休んでて、歓声が聞こえたので見たら4対3で。氷のうで冷やしてたんですけど、すぐキャッチボールを始めました」

8回裏に逆転して、残るは9回のみ。最高のラストイニングの迎え方だったが、濱内には勝てるイメージがなかった。

「勝てるとは思ってないです。勝てる自信がないといったらおかしいんですけど、慢心はまったくなくて。気を引き締めていかないと、1点差なんて桐蔭には関係ないですし、自分が油断したら試合は崩れる。バッター一人ひとりに集中するようにしました」

ベンチの岡田監督も気持ちは同じ。余裕はなかった。

「勝てるとは全然思ってなかったです。1点でしょ。これが寺島（成輝、ヤクルト）なら『この1点でなんとかいけるかな』と思うでしょうけど、濱内ですから。まして、ライトから戻してきてる濱内。このイニングに何球放らなアカンのっていう感じですよね」

9回表、大阪桐蔭の先頭打者は代打の俵藤夏冴。カウント1－2から打たせた当たりはショートゴロかと思われたが、西山は捕球できず、打球はセンターに抜けていった。濱内は言う。

「ショートゴロで完全アウトだったんですけど、グローブの下で引いた。『あ、ショート硬いな』と思ったのと、先頭が出てくるあたりがさすが桐蔭だなと」

この場面、捕手の野口はこう思っていた。

「野球は流れがある。逆転したときに、この流れのままいったら、先頭抑えれば勝てるかなというのはありました。濱内さんとは、とにかく先頭を抑えようと話してた。あのショートゴロは、僕から見ても捕れない当たりではなかった。あの暑さで9回。動きが悪くなるのは仕方がないと思いますけど、濱内さんが投げてる。捕ってほしいところでした」

無死一塁で1番の石川。初球だった。濱内の投げたストレートは内角高めへ。石川のバントは、前進してきたピッチャーとサードの間へのフライになった。サードの三木彰智が捕って一塁に送球。飛び出した俵藤をアウトにした。バントをしづらいのは内角高め。土壇場でセオリー通りの冷静な投球と思われたが、濱内は「抜け球。たまたまです」。疲労困憊の中での偶然だった。野口は言う。

「インコース寄りに構えてたところの高めに来て、ちょうどバッターもよける感じになった。ラッキーな感じでした。これで勝ったと思いました」

この試合5つめとなるダブルプレーで2死無走者。履正社は勝利まで「あと1アウト」に迫った。岡田監督は言う。

「バントは超ラッキーでした。ゲッツーでしょ。バントのフライはありえますよ。でも、ランナーのミスは絶対アカン。桐蔭のランナーもミスすんねんなと思ったんです。ポーンとフライになってるのに、あれでゲッツーになるということは、よっぽど一塁ランナーも焦ってたんかな」

意識朦朧の中、限界を超えて気力だけで投げるも四者連続四球

あと一人。大阪桐蔭にとっては、試合後に西谷監督が「棺桶に両足が入るところまでいった」と表現した絶体絶命の場面だ。高卒でプロ入りする選手が４人。最強世代といわれ、春夏連覇を狙う絶対王者が追い詰められたことで、球場に異様な空気が流れる。

「桐蔭が負けるのか」

スタンドもメディアもざわざわし始めたところで、試合が中断する。タイムを要求したのは濱内だった。石川のバントのフライを追いかけ、ダイビング。その際に顔や腕にべっとりと土がついてしまったのだ。一度、ベンチに戻って腕をきれいにした。このとき、岡田監督はほとんど声をかけていない。「ゆっくり行ったらいいぞ」と言った程度だ。濱内は言う。

「手に土が5ミリぐらいついていたんです。ふいても取れないと思ったので、仕方ないので洗わせてくださいと。裏で手を洗って、タオルでふいて、確か部長に『がんばれよ』と言われました」

中断時間はおよそ1分半。わずかな時間ではあったが、せっかく相手のミスで併殺を取ったただけに、そのまま投球するという選択肢はなかったのか。

「それで抑えられたなら、あんなにフォアボールは出してないと思います。結果論でいえば、かかわりはあったかもしれないですけど、あれをあのままいけというのは無理だったので……」（濱内）

「試合が終わってから、流れ的にそのままいってたら、どうなってんだろうって思いました」（野口）

あと1アウト。勝利は目の前にある。「2アウト」と周りに声をかける濱内。だが、制球が定まらない。宮崎を四球で歩かせてしまう。

「9回は自分の意思ではコントロールできない状態でした」

中川には2ボールからストライク、ファウルで2－2。「あと1球」まで追い詰めるが、序盤に有効だったチェンジアップが投げられない。ストレートを続けて、ボール、ファウル、ファウル、ファウルで3－2。9球目のストレートが外れて四球を与えた。

「あと1球」で勝利と絶対的優位な立場。にもかかわらず、濱内にまったく余裕はなかった。それを表しているのが、中川を追い込んでからの3つ目のファウル。レフトフェンス際に上がった打球に対し、濱内は右手を高く上げて指差しをしている。

「レフトはめちゃくちゃ足が速い選手なんで、打球の感じと距離と足を考えて『いけるかな』と。指差したのは、『捕ってほしい』という願いかもしれないですね」

そのとき、ベンチの岡田監督はこう思っていた。

「僕はファウルだと思いました。まして（左に切れていく）左バッターの打球でしたから。ああいうジェスチャーをするというのは、もうなんとかしてくれ、いっぱいやという状況ですよね。それだけ濵内もへばってたと思うんですよ。相手のプレッシャーよりも、自分の体力とかいろんなもんの限界ちゃうかな」

2死一、二塁となり、岡田監督はこの試合3度目の伝令を送った。

「ここは休憩させてやろうと思って時間を取りました。流れの中でボールになってフォアボールになってる。ピッチャーってそうなるじゃないですか。連打されるときもそうなんですよ。キャッチャーもピッチャーと同じになってきて、打たれるようなリズムになってくる。ええキャッチャーはそこでリズム変えたるんですけど、野口にはそこまでの経験がない。あそこは休憩させたるしかなかったです」

ベンチができる唯一の気づかいだったが、意識朦朧の濵内の記憶にはない。それでも、藤原を3球で1－2と追い込んだ。再び、「あと1球」。2－2から最後の力を振り絞ってチェンジアップを投げるが、打者の手前で大きくワンバウンドしてしまう。次の球も外れ、結局歩かせてしまった。実は、この藤原の打席での1球目。濱内は投球後にバランスを崩し、尻もちをつきそうになっている。ひざが笑うぐらい体力を消耗していた。

「毎球、毎球、投げたら視界が揺れる感じなんですよね。あのときは、投げた瞬間、左手をついた。フラフラの状態でしたね。藤原には、打たれるんだったら、とことん右中間フェン直ぐらい打たれるかなと。この試合でチェンジアップが効いてたんで、まぐれでもいいから抑えられればと思ったんですけど……。右手の感覚はなかったですね」

石川のバント飛球を追って飛び込んだのが、疲労の決定打になった可能性もある。

「そうかもしれないですね。もしかしたら、そこで一気に放出したというか。振り絞ったと言われても否定はできないかなと思います」

もう誰の目にも限界は明らか。濱内に力は残っていなかった。2死満塁から根尾にはストレートの四球で同点の押し出し。山田にはレフト前に運ばれ、勝ち越しの2点を許した。

「中川も藤原もあんまり覚えてないですね。根尾がフォアボールの後に、バットをポーンと投げたのは覚えてるんですけど……」

その裏の履正社は柿木の前に三者凡退。反撃する力は残っていなかった。

5	6	7	8	9	計
0	0	3	0	3	6
0	0	1	3	0	4

［ 大阪桐蔭 ］

	選手名	打数	安打	打点	1	2	3	4	5	6	7	8	9
1（三）一	石　川	4	1	0	投ゴ	…	遊ゴ	…	…	左安	四球	…	三飛
2（左）	宮　崎	1	0	0	四球	…	…	四球	…	三ギ	二飛	…	四球
3（遊）三	△中　川	3	1	0	遊併	…	…	四球	…	左飛	…	中安	四球
4（中）	△藤　原	3	1	0	…	三振	…	三振	…	…	右3	四球	四球
5（投）遊	△根　尾	4	2	2	…	二失	…	二併	…	…	右2	一安	四球
6（二）	山　田	4	1	2	…	遊併	…	…	三ゴ	…	投ギ	三振	左安
7（捕）	小　泉	5	1	0	…	…	中飛	…	右安	…	三振	三ゴ	遊ゴ
8（右）	△青　地	4	1	1	…	…	二ゴ	…	遊併	…	左2	二ゴ	…
9（一）	△井　阪	2	1	0	…	…	中安	…	…	左飛	…	…	…
打	飯　田	1	1	1	…	…	…	…	…	…	中安	…	…
走　遊	奥　田	0	0	0	…	…	…	…	…	…	…	…	…
打	俵　藤	1	1	0	…	…	…	…	…	…	…	…	中安
投	柿　木	0	0	0	…	…	…	…	…	…	…	…	…
併 2	残 10	32	11	6									

選手名	回数	打者	安打	三振	四球	失点	自責
根　尾	8	34	8	7	2	4	3
柿　木	1	3	0	2	0	0	0

第100回選手権北大阪大会準決勝

チーム	1	2	3	4
大阪桐蔭	0	0	0	0
履正社	0	0	0	0

[履正社]

	選手名	打数	安打	打点	1	2	3	4	5	6	7	8	9
1 (中)	△筒　井	5	1	0	三ゴ		遊ゴ	…	…	三失	…	左安	三振
2 (遊)	△西　山	4	1	1	三振	…	…	三振	…	投ゴ	…	右3	…
3 (投) 右投	濱　内	4	0	1	二ゴ	…	…	三振	…	三振	…	一ゴ	…
4 (一)	△白　瀧	4	0	0	…	三振	…	左邪	…	…	三ゴ	二ゴ	…
5 (三)	△小深田	4	2	0	…	右安	…	…	三振	…	左2	遊失	…
走 三	三　木	0	0	0	…	…	…	…	…	…	…	…	…
6 (左)	井　上	1	0	0	…	四球	…	…	三振	…	…	…	…
打 左	松　原	2	2	1	…	…	…	…	…	…	中安	左3	…
7 (二)	△谷　川	3	1	1	…	二併	…	…	中安	…	中犠	中飛	…
8 (捕)	野　口	3	0	0	…	…	二直	…	遊飛	…	四球	…	三振
9 (右)	桃　谷	2	1	0	…	…	右安	…	…	遊ゴ	…	…	…
投	△清　水	0	0	0	…	…	…	…	…	…	…	…	…
投	位　田	0	0	0	…	…	…	…	…	…	…	…	…
打 右	西　川	2	0	0	…	…	…	…	…	…	中飛	…	右飛
併 5	残 6	34	8	4									

選手名	回数	打者	安打	三振	四球	失点	自責
濱　内	6⅔	26	7	3	3	3	3
△清　水	0/3	2	1	0	1	0	0
位　田	1/3	1	0	0	0	0	0
濱　内	2	14	4	1	5	3	3

あのとき勝つためには、何をすべきだったのか

この試合、岡田監督がもっとも後悔しているのが、一度ライトに下げた濱内をマウンドに戻したことだ。

「濱内を戻す決断をしたところが、采配ミスやったかなと思います。濱内が限界に達してるのに、僕にはその選択しかしてやることができんかったということですね」

体力的に、もう投げられる状態ではなかった濱内。それでも戻さざるをえなかった。ただ、投手を代える要因となる代打を出したことに関しては後悔していない。

「位田は打ちもせえへんのに、あそこで代打出さへんというのは、もう勝つ気ないいんかということになる。勝とうと思ったら代打しかないかなと。ただ、代打出すのはええけど、次のピッチャーおったんか？　そこまで考えてたんか？　ということ。僕に『濱内が戻ってもやれる』という確かな気持ちがあるんやったら、采配として合ってるかもしれへんけど、自信を持って戻せたんかといわれるとそうじゃないので。もうちょっと、よう考えてみたらどうやったんやとは思いますね」

9回、宮崎に四球を与えた時点で、濱内をライトに戻すことも選択肢にはあったという。だが、代えるとしたら下級生。経験も信頼もない投手になる。

「代えれなかったんが僕の弱さかもしれんけど、じゃあ、代えてたらどうやったんやというのもありますしね。まぁ、覚悟の問題ですよね。反対の結果がどうやったのかはわからへんわけやから」

そうなると、一度でも練習試合で試しておけば……ということになる。

「それはありますね。ありますけど、その段階では濱内がそういう状態ではなかった。僕が見てる限りでは『最後の大会にピッチャーで貢献しよう。3イニングでも投げられるようにしよう』という気があるようには感じなかった。6月から練習して、3イニング限定でピシャッと投げる準備ができてたら、違ったかもしれないですね」

確かに濱内は限界だった。とはいえ、9回表を見ていて思ったことがある。捕手の野口が外角にしか構えていないのだ。すべて外角。強打の大阪桐蔭打線に球威の落ちた濱内ではあるが、ボール球でも内角を見せておけば、「濱内はまだ死んでないぞ」という意識を見せておけば、打者の反応が変わったかもしれない。何より、攻める気持ちを出せば、折れかけた濱内の気持ちが少しは変わったかもしれない。なぜ、外角一辺倒だったのか。受ける野口は言う。

「フォアボールが続いたというのもあったし、自分自身、サインを出しても投げられるコントロールはないと思ってたんで。それだったら、アウトコースでというのはありましたね。（バッターに）当ててランナーを増やすのが一番嫌だった。アウトコース低めに来ればば長打もない。ゴロになる確率も高いんで、確率的にいえばアウトコースと思ってサインを出しました」

投げる濱内はこう言った。

「狙って投げられる状況ではなかったですね。外に構えてるのも覚えてないですし。構えてるところというより、とにかくど真ん中に、自分の力いっぱい投げればと思ってたので。そこまでの余裕はなかったですね」

岡田監督は言う。

「キャッチャーの経験、下級生というのがあるかもわからんですね。野口がだいぶ意識したんちゃいますか。濱内も、一か八かインコースいったれみたいなのもなかった。何かできたとしたら、例えば伝令を出したときに『もうええからインコースいってみ』というようなことを言ってやることだったでしょうけど、できなかったですね。野口にしんどい思いをさせたし、野口に任せすぎたなと思います」

苦しいときこそ、第三者の目線に立つことが重要

体力の限界を感じ、ただ投げるだけで精一杯だった濱内。勝利まで「あと一人」になっても、こんなふうに思っていたという。

「勝ちは意識してないですね。自分の身体の状況を考えて。僕が3イニング目とか4イニング目の状態ならいけるかなと思うんですけど、何をどうやって投げてもストライクが入らないとわかってたんで。だからもう、アウトを取れるとしても、まぐれのライナーとか、大飛球とか、まぐれのアウトを取るかしかない。そういう状況だと自分でもわかってました」

ベンチの岡田監督も同じ思いだった。

「フォアボールを出しても、メンタル的なこととは全然思わへんかったんですよね。体力的にアカンのかなと。僕は（打者の）甘いところにいったけど、カチンと打って（野手の）正面にいったという打球しかアウトを取れないと思ってたんですよ。球威に負けてフライになるとかはない。強烈なゴロとかフェンス前のフライとか、それしか願ってなかっ

た。2アウトになって宮崎をフォアボールで出した時点から、それしかないと思ってました。もう抑えられるボールがなかったので」

そんな状態でも、「なんとか抑えよう」と思うのが投手の性だ。濱内は「とにかくど真ん中に、自分の力いっぱい投げればと思ってた」と言った。力が落ちているのに、力いっぱいの球を投げようとしても力むだけ。その証拠に、9回は抜ける球が多かった。そんなときこそ、視点を変えることが必要だ。相手はアウトになれば負け。その瞬間、3年生は引退することになる。しかも、大阪桐蔭はセンバツ優勝校。常勝を義務づけられた超強豪校でもある。誰だって、最後の打者にはなりたくない。投げる方も苦しいが、打つ方にもプレッシャーはあるのだ。

こんなとき、どうすればいいのか。それは、「抑えよう」とするのではなく、「打ってもらおう」とすることだ。打撃練習でスローボール打ちをしても、ヒットになる確率は10割ではない。打ち気にはやる場面で、いかにも打てそうな球が来たら、打者は逆に力む。思い切り投げて打ち取れないなら、バッティングピッチャーのつもりで、あえて力を抜いて投げ、打ち損じを誘うのだ。「打たせまい」と思うから打たれる。「打ってもらおう」と思えば打たれない。アウトの取り方は、「打ち取る」ことだけではない。

この考えを伝えると、濱内はこう言った。

「その方が圧倒的に抑える確率は上がってたかなと。そこまで余裕がなかった。余裕があれば、その手もありなのかなと」

苦しいときこそ、第三者の目線に立つように心がけることが必要。俯瞰して状況を見ることができれば、打開策も見つかる。苦しいのは自分だけではない。相手も苦しいのだ。

岡田監督は言った。

「結局、ウチが生き返らせてしもうたということですね。フォアボールで何もせず（ランナーを）出してるわけなんで。向こうは何もしてないわけですから」

相手の心理がわかれば、それを利用することができる。土壇場でそれができるように、普段からの準備、意識が必要なのだ。

勝負脳の考察

脳の使い方を変え、相手の立場で現在の状況を考える

◉心技体を同時に鍛えてこそ、本来のパフォーマンスが発揮できる

なぜ、公式戦初登板の濱内が好投できたのか。

それは、自信があったからだ。自信とは、投手としての自信ではない。選手としての自信だ。岡田監督も指摘しているように、濱内には中学時代の実績がある。普通なら格上と見てしまいがちな根尾も、ＮＯＭＯジャパン時代のチームメイト。よく知っている間柄だけに見上げるようなことはなかった。だから、「勝てそうにない」「打たれるかも」という否定語が出てこない。それどころか、下馬評は不利でも、勝てると思って試合に臨んでいる。〝引き算思考〟になっていないため、自然と脳が働く状況になっている。

もうひとつは、相手をしっかり観察できていること。西谷監督がヤジを飛ばす桐蔭ベンチを見て、「監督からヤジられてうれしかった。勝負を楽しめた」と言っている。相手が苦しんでいるのがわかれば、心理的に優位に立てる。楽しいと感じることで脳はプラスになるため、パフォーマンスが発揮できる状況になっている。

では、なぜ勝ち切れなかったのか。

それは、体力的な限界を迎えてしまったからだ。後半になって「熱中症」「フラフラ」「握力がない」「自分の意思ではコントロールできない」「勝てる自信がない」など否定語が出てきてしまった。否定語に対して「統一・一貫性」の法則が働き、無意識にできなくなる方向へ引っ張られてしまったといえる。

よく「心技体」というが、この試合の濱内を見ると「技」があるから「心」がプラスになった。「体」が苦しくなって「心」がマイナスになった。メンタルトレーニングなどで「心」だけを鍛えようと思ってもうまくいかない。「心」だけでなく、「技」も「体」も同時に鍛えてこそ、本来のパフォーマンスが発揮できる。

◉相手の状況を洞察する勝負脳をフルに使う

「あと1アウト」までいきながら、濱内は勝ち方をイメージできなかった。リードしているにもかかわらず、体力的に限界を迎え、自分の方が苦しい状況に追い込まれてしまった。このときの濱内のように「思い通りにコントロールができない」「何を投げても打ち取れる気がしない」と否定的な考え方のまま投げ続けていると、脳は自分を守る「自己保存」のために「打たれてもしょうがない」という理由を探し出してしまう。そのため、「もうダメだ」「もう無理だ」という考えが自然に出てしまうのだ。

このような場合こそ、相手の状況を洞察する勝負脳をフルに使うことが必要。自分の立場で考えても勝ち方のイメージは湧いてこないため、脳の使い方を変え、相手の立場で現在の状況を考えるのだ。このとき、もっとも大切なのは、できる限り、自分にとって都合のよい方に考えること（『〈勝負脳〉の鍛え方』より）。

この場合なら、「桐蔭は春夏連覇のプレッシャーがある」「下馬評では有利なのに負けたらどうしようと思っている」「本当は焦っているのに無理して虚勢を張っているだけだ」

などと洞察力を働かせて、相手の気配や表情などから自分にとって都合のよいところだけを探し出してイメージするのだ。林先生は「人間の記憶はすべてイメージ記憶だ」と言っている。勝ち方のイメージができれば、「できる」と思えるようになる。

洞察力だけでは難しいなら、データを利用すればいい。例えば、18年の大阪桐蔭であれば、こんなときに心のお守りになるようなデータがあった。中川と藤原のカウント別の打率だ（次ページ・18年春夏の甲子園11試合の成績）。

中川で注目したいのはカウント3－2のとき。追い込まれても2－2までは18打数7安打の打率・389とよく打っているが、フルカウントになると6打数0安打で3三振。四球もひとつしかない。この試合は2四球を与えたが、カウントはともに3－2。9回は3－2から3球ファウルで粘られた後だったが、フルカウントは苦手とわかっていれば、慎重になりすぎず、もう少し大胆な投球ができたはずだ。

藤原は2ストライクに追い込まれてからの成績が極端に悪いことがわかる。1ストライクまではさすがドラフト1位という数字を残しているが、2ストライクになった途端、打率は・158にまで下がる。追い込まれたら、並の高校生以下になっているのだ。この数字を知っていたら、「藤原は2ストライクまで持っていけば打ち取れる」と都合のよい考

	中川　2ストライク後	
0ボール 2ストライク	2－1　.500	三振1
1ボール 2ストライク	5－2　.400	三振2
2ボール 2ストライク	11－4　.364	三振4
3ボール 2ストライク	6－0　.000	三振3

	中川	藤原
春夏通算成績	47－16　.340	48－20　.417
内訳	三振10　四球4 本塁打0	三振7　四球2 本塁打3
0ストライク	14－5　.357	15－10　.667
1ストライク	9－4　.444	14－7　.500
2ストライク	24－7　.292	19－3　.158

※打数－安打　打率

え方ができたはず。そうすれば、7回の三塁打も、9回の四球も違った結果になったかもしれない。

また、藤原が18年の甲子園11試合で選んだ四球はたったの2個だった。だが、この試合だけで2四球を選んでいる。最初の2打席で2三振を奪いながら、3打席目に3－2からチェンジアップを打たれたこと、自らの体力が限界に達したことで、「統一・一貫性」の本能がマイナスの方に働いてしまった。

もちろん、履正社との対戦時点でこのデータはない。だが、情報が多い相手だからこそ、探せば使えるデータは見つかるはず。どんなデータでも、使えるものは使った方がいい。困ったときに頼れるお守りは、あるにこしたことはないのだ。

第4章

高知

甲子園まで「あと1アウト」「あと1球」から喫した逆転劇

チャンスの後にピンチが来る

甲子園まで「あと1球」になっても、エースは落ち着いていた。本塁に背を向け、指で「2アウト」のポーズをつくって味方守備陣に声をかける。ドキドキする心を落ち着かせるように、左手で右胸を6度叩いた。

サインは外角のボールにするストレート。

「これで決めよう」という球ではない。

ところが、この1球が取り返しのつかない運命の1球になった。

2015年7月29日、第97回全国高校野球選手権高知県大会決勝。高知は宿敵・明徳義塾と5年連続の決勝戦に臨んでいた。過去4年間もいずれも決勝で当たり、すべて1点差での敗戦。あと一歩のところで甲子園を阻まれていた。この年の明徳義塾は、1年生から投打の主力としてチームを引っ張ってきた岸潤一郎が前年限りで卒業。大黒柱不在で戦力はダウンしていた。

一方、高知は準決勝まで24回3分の1を無失点の左腕・鶴井拓人がいる。打線も準決勝まで4試合連続コールド勝ち。チーム打率は・467と好調だった。明徳と対戦するにあたり、島田達二監督（当時）はこう考えていた。

「毎年決勝をやってるので決勝の雰囲気もわかってるし、明徳との戦い方もわかってるつもりでした。打線の力はそんなに変わらない。鶴井がいる分、ウチの方に分があるかなと思ってました。明徳は試合巧者ではあるけど、鶴井がしっかり投げれば、と」

鶴井は初回、2番・眞田一斗の投手ゴロを弾いたものの（記録は安打）、後続を断って無難な立ち上がり。2回表は2死走者なしから連打と死球で満塁のピンチを招いたが、1番の七俵龍也をセカンドフライに打ち取った。

2イニングで42球を要しながらエースが踏ん張ったことで、高知にチャンスが来る。2回裏、1死から十河友暢がショート内野安打で出塁すると、松本亮太がセンター前ヒットを放って一、三塁。さらに弘井涼介が四球を選んで満塁となった。打席には鶴井。投手のため8番を打っているが、打撃はいい。スタンドの期待も高まったが、初球を打ってセンターフライに倒れた。続く9番の澤田大成もショートゴロで無得点。高知は絶好の先制機を逃した。

「ここがねぇ……。1アウトだったので策をかけたかったんですけど、鶴井だったので。

カウントを見て何か（仕掛けよう）と思ったんですけど、ポンと初球を打った。これはもったいなかったですね」

チャンスの後にピンチが来る。3回表、鶴井が先頭の2番・真田に四球を与えると犠打で1死二塁。4番の古川卓人はセカンドゴロ（この間に真田は三進）に打ち取るが、続く佐田涼介に左中間を破られ、先制を許した。

「1球目、明らかにボールに構えた球を打たれたんです。佐田はだいたい初球から来る子なんで、外のボールから入るんですけど、それが完全に中に入ってきてますよね」

1点を取られたとはいえ、2死。最少失点で終わりたいところだ。だが、ここで高知にミスが出る。古賀優大（ヤクルト）の三遊間への当たりを捕球したショートの有田球児が、一塁にワンバウンド送球。これをファーストの十河が後逸した（記録はショート内野安打とショートの失策）。ボールがファウルグラウンドを転々とする間に佐田がホームイン。2点目を与えてしまった。

「このプレーが悔やまれます。もう間に合わないんで、さばきにいくことはなかった。止めてセーフなら（ホームに）行かれてないですよね」

十河は右足をベースにつけ、身体を伸ばして捕りにいった。だが、たとえ捕っても内野安打になるタイミング。この場合は状況を確認し、ベースから離れて止めることが優先だった。この直後、さらに高村和志にセンター前ヒットを打たれるが、ここはセンターの澤田凱が本塁に好返球で刺し、なんとか2失点で食い止めた。

悪い流れを変えるために指揮官が打った手

ここまでの4試合を、ほぼ一人で投げてきた鶴井は調子が上がらない。4回表も先頭の飛田登志貴にヒットを打たれ、犠打で進められた後、2死から2番の真田にライト前へタイムリーヒットを許した。

「明徳打線で一番マークしていたのが真田。前の年から出ていて、よかったんですよ。次の神藤（廉大）には打たれる気がしなかったので、無理に勝負することもなかったんですけど……」

神藤はサードゴロに打ち取るが、澤田大がエラー。古川にもレフト前ヒットを打たれ、さらに1失点かと思われたが、レフトの弘井が好返球で二塁走者の真田をタッチアウトにした。

「（真田、古川ともにカウント2ボール0ストライクから打たれて）明徳としたら珍しい。

2ボールから全部打ってきてるんですよ。明徳は普段だったら、2ボールは打たないんです。データから鶴井がコントロールがいいとわかってるんで（24回3分の1で6四球）、『絶対（ストライクを）取りにくる』と打ちにきてるのかなと」

鶴井は5回表にも先頭の佐田にレフト線二塁打を浴びると、犠打、死球で1死一、三塁のピンチを迎える。だが、ここは8番・飛田のスクイズ失敗（空振り）に助けられ、無失点で切り抜けた。

5回を終わって0対3。頼みのエース・鶴井が10安打3四死球の乱調。防戦一方に映ったが、島田監督は意外と冷静だった。

「ピッチャーが飛田なので、3点まではいけると思ってました。点を取られても不思議と焦ってなかったのは、前の年のことがあったから。岸（潤一郎）を相手に0対4から5点返して5対4までいったので、ワンチャンスでいけると。ここまでは、こっちがやるべきことをできていなかった。やるべきことができていてダメなら焦るんですけど、それをしっかりやればいけると思ってました」

やるべきこととは、狙い球の徹底。これまでの対戦経験、事前のデータから、「飛田を打つには変化球だ」と試合前から変化球狙いの指示を出していた。だが、3回裏1死二塁の好機では、3番の岡田悠吾がカウント2－0、3－1のバッティングカウントで変化球を見逃し。4番の栄枝裕貴も、1－0からの変化球を振りにいかなかった。

「飛田はまっすぐで打ち取れるピッチャーじゃないんです。変化球で取りにくるし、変化球で決めにくるので、変化球が絶対来る。狙うのは変化球しかないんですよ。こっちからしたら、（抑えられているというより）ちゃんと攻められてない。変化球を振っていけていないということだけだったので」

グラウンド整備に入り、島田監督はひとつめの手を打った。選手たちをベンチ裏に連れて行ったのだ。

「流れも悪かったし、流れを変えたいとやってみました。それまでベンチの前で座らすとか、ベンチの中で話すとかはあったんですけど、ベンチ裏に入れたのは初めて。ベンチの中でも球場の雰囲気があるので、一切シャットアウトしようと。意図してやったというよりは、『一回、裏に行こう』みたいな感じでしたけど」

ざわつく環境から離れ、まず島田監督がやったことは狙い球の確認だった。

「『変化球来てるよな?』と。僕の見てる目線と生徒の目線が、ひょっとしたら違うかもしれないので確認しました。そしたら、『来てます』と。『来てなかったら別やけど、来てるなら振ろう。やるべきことができてないよな?　やって負けたんなら納得や。最後までやるべきことをやろう』と」

3点差ならワンチャンス。まだいける。焦りのない表情と強い口調で島田監督は選手たちに語りかけた。

「いつも言うのは、高校野球に『あきらめる』ことはいらないということ。負けたら終わりのトーナメントなので。練習のときも、あきらめる姿勢自体がいらないでしょと。毎年キャプテンに言うのは、例えば0対10で負けてて9回2アウトでも、『よっしゃいける ぞ』って心の底から思えるぐらいの気持ちで、お前にはおってもらわなアカンぞということ。終わった時点で勝ち、負けが決まるんやから、そこまではあきらめる気持ちなんていらんやろと」

8回裏、打線がつながり一挙6得点で逆転して最終回へ

気持ちを切り替えて迎えた6回表。大事な後半戦の入りだったが、いきなりミスが出てしまう。先頭の9番・藤本彪雅のファーストゴロを十河がエラー。犠打と真田の安打で一、三塁となり、2死から4番の古川のライト前ヒットで追加点を許した。さらに、佐田の4球目に鶴井が暴投してもう1失点。佐田のレフト前ヒットは、4回に続き弘井が本塁に好

返球して3点目は防いだが、決定的といってもいい5点差をつけられた。

「6回はエラーから始まったんですよね。取られ方も悪いし、冷静に見て『明徳から6点取れるか？』というのもあったので、正直ちょっとしんどいかなと思いましたね」

敗色濃厚。だが、選手たちはあきらめていなかった。鶴井は言う。

「5回の整備で『裏に集合』となったときは、『なんやろうな？』と思いました。島田監督の話を聞くまでは、正直『僅差がなくなったな』というのもあって、みんなダラダラした雰囲気がありました。でも話を聞いて、いい話だったので急に力が湧いてきた。『まだいける』と勝てそうな予感がしてきたんです。これは、みんな言うと思います。僕自身『逆転できる、あとは自分次第だ』と思いましたね」

6回で100球を超えた鶴井だったが、気力で踏ん張る。7回表、8回表といずれも先頭打者に出塁を許すが、後続を断ち、味方打線の奮起を待った。

そして、8回裏。ついに高知打線がつながる。先頭の岡田がライト前ヒットで出ると、栄枝、途中出場の能見和良も安打で続いて無死満塁。ここで6番の松本に打順が回った。背番号17の松本は、この日2安打。この試合の高知打線でもっとも期待できる打者の一人だった。それもそのはず。左打者の松本、能見は明徳戦用に育ててきた選手といってもいいからだ。島田監督は言う。

「毎年、対明徳なので、その年の明徳のピッチャーを想定して練習します。それで、対応できる選手を使うことがあるんです」

前年も、下級生時から絶対エースだった岸対策として起用した選手が3安打を放った。高知県といえば高知と明徳義塾の二強。それだけに、お互いが研究し尽くすのは当たり前だ。いかに手の内を見せずに戦いを迎えられるかという面もある。

「明徳相手にはボール球を振らない子ですね。変化球を投げたら打てないという子は打てない。打たせてくれないので使わないというかたちになります」

この日の松本はまさに島田監督の期待通り。センターから逆方向に鋭い打球を飛ばしていた。そして、無死満塁での打席の2球目。松本のバットは快音を発する。だが、左中間へのヒット性の打球はレフト・七俵の守備範囲。犠牲フライにはなったが、1死一、二塁になった。続く打者は右打者の7番・弘井。

「弘井は研究されてるんです。（バットの出方が）外回りなので、内へ放ってくるんですよ。明徳はしっかりと（データが）叩き込まれているので、1打席目の攻め方を見たら、だいたいこうやって攻めてくるなというのがわかる。弘井には、『お前には内のまっすぐが来るから、開いていいから引っ張れ』と言ってました」

1－1からの3球目。予想通り、内角にストレートが来た。弘井がこれを引っ張ると、打球は不規則なバウンドでレフト前へ抜けていった。

「内のストレートなのに、(思いっきり開いているため) バットの先っぽに当たったんです (笑)」

1死満塁となり、打席には鶴井。グラウンド整備中の島田監督の言葉で生き返ったエースは、1ボールからのストレートをとらえ、右中間へ運んだ。2点が入り、なおも1死二、三塁と高知のチャンスは続く。

「高知県でやると、スタンドがどうしてもウチびいきなところがあるんです。1点取ると (空気が) 変わることがある。甲子園みたいな感じです。鶴井の当たりで、一気にガラッと変わりましたね」

次の打者は途中出場の背番号13・土居慶也。前打席で代打安打を打っている土居だが、右打者で変化球には強くない。それだけに、島田監督の頭には一瞬、代打策が浮かんだ。実は、松本、能見に続く変化球打ちが得意な左打者をもう一枚持っていたからだ。だが、ここは土居をそのまま打席に行かせた。

「前の打席で打ってる子を代えるのは、流れ的にどうなのかなというのもあって、よう代えませんでしたね」

結果的に、土居は初球の変化球を見逃し、2球目の変化球を空振り。最後はストレートで空振り三振に倒れた。これが、この試合の高知唯一の三振だった。

2死となったが、スタンドの後押しを受けた高知の反撃は終わらない。1番の有田は2ボールから勝負を避けられ四球。2番の澤田凱も四球を選んで押し出し。1点差に迫った。さらに、3番の岡田が狙い通り初球の変化球をとらえて左中間を破る二塁打。二者が生還して、高知はこの回6得点。5点差を一気にひっくり返した。

ここでようやく明徳は投手を七俵にスイッチ。2死二、三塁とチャンスは続いていたが、栄枝は変化球を打たされてサードゴロに終わった。

「ここも変化球だったんですよね。七俵も同じだったんですよ。七俵の方がまっすぐを投げられるんですけど、結局はまっすぐを見せ球にしての変化球なので」

あと一本こそ出なかったが、8回裏に来ての逆転劇。勝ちを意識するのは1イニングだけでいい。一番いいタイミングでの得点だった。

宿敵を相手に、甲子園まで「あと1アウト」に

5年越しのリベンジへ、あとアウト3つ。だが、島田監督は冷静だった。

「前の年も5対4からひっくり返された。鶴井がタイムリー打たれたんです。だから、逆転はしたものの、最後の最後までわからんという気持ちは当然持ってました。たぶん馬淵（史郎）さんも、ウチとやるときは何が起こるかわからんというのは絶対あると思います」

マウンドの鶴井も気持ちは同じ。

「甲子園だという甘い考えはなかった」

あわてず、先頭の古川をサードゴロに仕留めて1アウトを奪った。だが、明徳はここから意地を見せる。佐田、古賀がいずれもカウント2－1からのストレートをレフト前に運んで1死一、二塁とすると、打席には7番の高村和志。この日は2安打と当たっているが、準決勝までの3試合は8打数2安打の打率・250で3犠打。守りを重視する明徳のショートだけに、守備を買われて試合に出ている選手だ。島田監督は言う。

「僕の中で代打を出すとしたらここだと思ったんですよ。高村は打つ選手ではないんで」

高村は初球を簡単に打ち上げ、ライトフライに終わる。

「助かりました。何気なく、ポンと打ってくれたんで」

打倒・明徳へ。そして、甲子園へ。ついに、「あと1アウト」まで迫った。追い込まれた明徳・馬淵監督は代打で背番号20・2年生の西村舜を送る。ここまでの3試合は出番なし。今大会初打席の選手だ。この起用に、島田監督は首をひねった。

『西村って誰や？』って。正直、知らなかったんです。打つんやったら高村のときに出してるはず。出さないってことは……。わからんなと。ただ、2アウトだし、僕の中では結構冷静だったんです」

データにない選手の登場に捕手の栄枝がベンチを見るが、島田監督は「大丈夫、大丈夫」とメッセージを送った。

1球目。鶴井が投げたのは外のシンカーだった。これはワンバウンドになり、1ボール。そして、2球目。129キロのストレートがど真ん中に入る。ヒヤッとする球だったが、西村のバットは動かず、1－1になった。さらに、3球目。今度は105キロのカーブが高めの甘いコースに入るが、またも西村のバットは動かない。見送ったというより、緊張で身体が動いていないように見えた。これでカウントは1－2。高知は、甲子園まで「あと1球」に迫った。

「代打なので、初球はセオリーでボールから入ったんですけど、2球目のまっすぐも全然対応できてなかったんですよ。まっすぐに対応してなかったから変化球（狙い）なのかなと思ったんです。それで、3球目はボール球でいいやと思ったら、その変化球が中に来た。そしたら、それも全然打てそうにない、すごい見逃し方をしたんです。『えっ⁉　こいつ何や⁉』と思いましたね」

バッテリーが絶対的優位なカウント。ここで島田監督は栄枝に指示を送る。

「いつもやってることなんですよ。追い込みました。そこで何をするかといったら、1球外に強いボールを放るんですよ。（打者が）そのボールに飛び込んできたら、次はインコースにまっすぐ。飛び込んでこなかったら、シンカーというのがだいたい決まり。シンカーだとまっすぐより内から来るので、バッターは『来た』と思って振るんですよね。栄枝には『困ったらオレを見てこい』と言っていた。栄枝が僕を見て、鶴井もわかってるので『よしよし、それでいこうぜ』と」

最後まで冷静だったエースが打たれた理由

勝利まで「あと1球」になっても、マウンドの鶴井は冷静だった。あわてて投げることはしない。一度、後ろを向いて、野手に「2アウト」のポーズをつくって声をかける。はやる気持ちを抑えるように、左手で右胸を6度も叩いた。鶴井は言う。

「前の年は投げてても、いっぱいいっぱいでした。大事な場面では、勝手に『早く投げたい』という感じになってしまう。力が入るので、バッターだけ見んと周りを見て、視野を広くしよう、力を抜こうという気持ちでやりました。前の年の経験があったので、できたと思います」

栄枝は外角のボールゾーンに構える。島田監督の説明通り、様子見の1球だ。鶴井もそのつもりだった。

投げる直前、までは——。

4球目。鶴井が投げた球種はサイン通りのストレートだった。だが、コースがサインとは違った。栄枝が要求したのは完全なボール球だったが、投げた瞬間、鶴井本人も甘く入ったのがわかった。

ボールは外角高めのストライクゾーンへ。もっともバットを出しやすいコースに、吸い込まれるように入っていった。これまで固まっていた西村が、開き直ったようにバットを出すと、打球は快音を残して右中間へ。フェンスまで達する逆転の2点三塁打になった。

あの1球を投げたときの心境を、鶴井はこう説明する。

「西村はまっすぐに張ってるのがわかりました。変化球には合ってないので、最後は変化球でいこうと。あの1球はボールを投げようと思ってました。ただ、ボールで三振が取れるなら、取れた方が楽だと思った。気持ち、ぎりぎり（のコース）でもいいかなと。その考えが甘かった。狙ったコースよりだいぶ中に入ってしまいました」

西村のバットから響いた金属音。ベンチの島田監督には考えられないことだった。完全なボール球を投げるよう指示していたからだ。

「実はあのとき、打球じゃなくてバッターを見てるんです。どんな見逃し方をするのかなと。ただ単にボールを放れじゃなくて、相手を探る球を放れという指示。（打たれて）『えっ!?』って感じでした。全然打てそうな雰囲気なかったよなと。あの見逃し方を見たら、あとはこっちがしっかり投げ切ったらいけるなというのがありました。勝てるとは思ってないですけど、逆転されるイメージはなかった。それに、前の年、鶴井は明徳戦で変化球を打たれて逆転されているんです。だから、あわてんでいいよと。ああいう場面を経験してるので、わかってるはずなんですけどね……」

鶴井が投げたのは勝負球ではない。それは本人もわかっていた。だが、投げる瞬間、「これで終われるかも」という〝あわよくば〟の気持ちが出てしまった。それが、力みにつながり、コントロールミスにつながった。この1球を投げたとき、鶴井は帽子を飛ばしている。前の3球は落ちなかったのに、だ。

この場面で、もうひとつ見逃せないことがある。それは、外野手の守備位置。3人の外野手は定位置付近にいる。だが、高知は1点リードしているうえに後攻。同点OKの場面だ。おまけに春野球場は両翼100メートルと広い。万が一に備え、長打警戒シフトを敷

5	6	7	8	9	計
0	2	0	0	2	7
0	0	0	6	0	6

[明徳義塾]

	選手名	打数	安打	打点	1	2	3	4	5	6	7	8	9
1(左)投	七　俵	3	0	0	二直	二飛	…	左飛	…	投ギ	…	捕ギ	…
2(中)	△真　田	4	3	1	投安	…	四球	右安	…	中安	…	二ゴ	…
3(三)	神　藤	4	0	0	一ゴ	…	投ギ	三失	…	三振	…	右飛	…
4(一)	古　川	5	2	1	右邪	…	二ゴ	左安	…	右安	…	…	三ゴ
5(右)	佐　田	5	4	1	…	二ゴ	左2	…	左2	左安	…	…	左安
6(捕)	古　賀	3	2	0	…	三ゴ	遊安	…	三ギ	…	四球	…	左安
7(遊)	高　村	4	2	0	…	右安	中安	…	死球	…	捕飛	…	右飛
8(投)	△飛　田	4	2	0	…	左安		右安	三振	…	遊併	…	…
左	上　谷	0	0	0	…	…	…	…	…	…	…	…	…
打	西　村	1	1	2	…	…	…	…	…	…	…	…	右3
左	園　田	0	0	0	…	…	…	…	…	…	…	…	…
9(二)	藤　本	3	1	0	…	死球	…	投ギ	…	一失	…	左安	右飛
併0　残11		36	17	5									

選手名	回数	打者	安打	三振	四球	失点	自責
飛　田	7⅔	39	12	1	3	6	6
七　俵	1⅓	6	1	0	1	0	0

第97回選手権高知大会決勝

チーム	1	2	3	4
明徳義塾	0	0	2	1
高　知	0	0	0	0

［高知］

	選手名	打数	安打	打点	1	2	3	4	5	6	7	8	8	9
1（遊）	△有　田	4	1	0	二ゴ	…	中安	…	二ゴ	…	遊ゴ	四球	…	…
2（中）	澤田凱	3	0	1	二ゴ	…	投ギ	…	左飛	…	左飛	四球	…	…
3（二）	岡　田	5	2	2	三ゴ	…	投ゴ	…	二飛	…	…	右安	左2	…
4（捕）	栄　枝	5	1	0	…	遊ゴ	右飛	…	…	遊ゴ	…	右安	三ゴ	…
5（一）	十　河	2	1	0	…	遊安	…	遊直	…	…	…	…	…	…
打	△吉　村	1	0	0	…	…	…	…	…	中飛	…	…	…	…
一 三 一	△能　見	2	1	0	…	…	…	…	…	…	…	中安	…	遊ゴ
6（右）	△松　本	4	3	1	…	中安	…	左安	…	遊失	…	左犠	…	右2
7（左）	弘　井	4	1	0	…	四球	…	二飛	…	左飛	…	左安	…	右飛
8（投）	△鶴　井	4	2	2	…	中飛	…	右安	…	…	投ゴ	右2	…	四球
9（三）	澤田大	2	0	0	…	遊ゴ	…	左飛	…	…	…	…	…	…
打 一	土　居	2	1	0	…	…	…	…	…	…	左安	三振	…	…
三	佐　田	0	0	0	…	…	…	…	…	…	…	…	…	…
打	△池　本	1	0	0	…	…	…	…	…	…	…	…	…	遊ゴ
併 1	残 12	39	13	6										

選手名	回数	打者	安打	三振	四球	失点	自責
△鶴　井	9	45	17	2	4	7	3

いておけば、打球が右中間フェンスまで達することは防げたかもしれない。

「バッターもバッターだったので、下げる指示は出してません。頭がそこ（守備位置）までいってなかったのかなと思いますね」

逆転を許したとはいえ、1点差。まだ9回裏の攻撃はある。高知ナインはあきらめていなかった。1死から松本が右中間へ二塁打。弘井のライトフライで2死三塁となり、この日2安打の鶴井は敬遠で一、三塁。ここで代打に立ったのが左打者の背番号12・池本智輝だった。相手の西村同様、今大会初出場。だが、島田監督には自信があった。〝対明徳〟に向けて準備させてきたからだ。

「池本は変化球をめちゃくちゃ打てるんです。とっておきの代打でした。『お前なら絶対いける。チャンスで出番あるからな。頼むぞ』とずっと言ってました。打ってくれると思ってましたね」

初球。池本は変化球を積極的に打ちにいく。三塁側スタンドに入るファウル。そして、2球目だった。変化球をとらえた打球は、快音を残して二塁ベース左へ飛んだ。「打った瞬間、いったと思いました」（島田監督）。だが、センター前の同点タイムリーかと思われた打球は、ショートの高村のグラブの中へ。難しいバウンドを跳ね際で捕球した高村が、セカンドの藤本へトス。試合終了と同時に、一塁走者だった鶴井は地面にうつぶせになって倒れ、しばらく起き上がれなかった。

目に見えない重圧が、身体に極度の疲労を呼ぶ

勝負を決めたのは、「あと1球」からの1球。ラストボールにする予定ではなかった1球が、実質的に試合を左右する1球になってしまった。島田監督は言う。

「振ってきても当たらないところに（これまで）投げさせてるし、投げる予定でした。それに、この夏に何回もこのやり方で打ち取ってきてる。普段やってないことをやったのではなく、普段やってることをやろうとした結果でした」

それが、なぜ打てるコースにいってしまったのか。それは、プレッシャーだ。決勝戦。しかも、相手は因縁の明徳義塾。二重のプレッシャーが鶴井にのしかかっていた。決勝の朝。鶴井は女房役の栄枝に調子を問われ、こうもらしている。

「投げてみなきゃわからない」

いつもなら「大丈夫」と言うはずが、そう言わなかった。9回表のあの場面というよりも、そこに至るまでの重圧。1球投げるごとの疲労感が、他の試合とは比べものにならな

かった。

「後で鶴井に訊いたら、決勝は『1、2回で結構バテた』と言ってました。スタミナはすごくあるんですよ。それでもバテた。身体は全然大丈夫だったんだけど、精神的にですね。ほとんど覚えていないような状態。試合後は、脱水症状みたいになってましたから」

表彰式までは何とか堪えたが、終了後は仲間に抱えられてベンチ裏へ。取材には、医務室のベッドの上でわずかに対応するのがやっとだった。そんな極限状態だから、想いと身体が一致しない。頭ではボールでもいいと思っていても、身体は早く終わることを欲する。それが、〝あわよくば〟の考えを引き出してしまった。鶴井は言う。

「あのときに戻れるなら戻りたい。最後の1球の前に、自分からタイムをかけて間を空けた方がよかったと思います。『(早く終わらせたいという意味の)投げなアカン』になっていた。そうじゃなくて、タイムを取って話して『ボール球を投げなアカン』にした方がよかった」

追い込み方や相手打者の経験のなさを考えると、「あと1球」からタイムを取るのは得策ではないように感じる。間を空けることが、相手に余裕を与えることになりかねないからだ。だが、鶴井には鶴井の事情がある。

「僕が入ってからもずっと1点差。1個上の代でも僕は投げてるし、1点差というのは勝手に意識してました」

鶴井が入学後の夏は、すべて明徳との決勝で1点差。前年は2回途中から登板。0対4から5点を取って、逆転した直後の5回表に、自身が逆転打を浴びている。2死満塁で、1ボール2ストライクと追い込んだ後のカーブだった。あのときと同じカウント。「ボールでいい」と思っていても「あと1球で勝てる」という気持ちが上回るのは仕方がない。〝あわよくば〟の考えが浮かぶ要素は十分にあった。

あの場面で、攻めの姿勢を崩さない、逃げる気持ちを出さないためにはどうしたらいいのだろうか。

「終わってみて、やっておけばよかったと思うのは、走り込みですね。今考えると甘いところがあった。やらされるより、自分から走るべきでした。あとは、投げ込み。人が見ていないときは抜いた部分があった。どんなときも必死にやるしかない。そういう気持ちで最初から練習しといた方がいいと思います」

いかに目の前の1球、目の前の1プレーに集中させるかが重要

ラストボールに関して、島田監督はこんなことも言った。

「公文（克彦、日本ハム）のとき、春の四国大会で上甲（正典）さんの済美に負けたんです。そのとき、上甲さんに『困ったときに投げられる1球を練習しろ』と言われたんですよね。『それは、ど真ん中のストレートじゃない。変化球でも構わない。それだけを磨いて、困ったらそれを投げさせろ』と。鶴井の場合はインコースのストレートでした。それを活かすための外のボールだったんです。スライダーがいいピッチャーだったら、必ずインコースの球を練習しますよね。それをしてたら、たとえ自分の必殺のボールが甘くなっても決まりやすいというのがあるので」

困ったときに投げる勝負球を練習するのは当然のこと。ならば、その球を活かすため、その1球前に投げる球もセットで練習した方がいい。鶴井もこう言っていた。

「ピッチングのときから、完全に外すボール球をもっと練習しとけばよかった。普通の練習や練習試合では投げられるんですけど……」

ストライクからボールになる決め球の変化球を除いて、ブルペンであえてボール球を投げる練習はほとんどしない。だが、試合では意図してボール球を投げる場面が多々ある。ボール球をしっかり投げる練習も必要なのだ。

この試合に関して、監督として何かできることはなかったのか。島田監督が悔やむのは、逆転打を打たれた場面の外野の守備位置だ。最悪に備えた長打警戒シフトを敷くことができなかった。

だが「あと一人」の場面で、打者がデータのない代打。バッテリーへの指示に集中するのはやむをえないともいえる。そういうときのために必要なのが、守備位置を指示できるもう一人の大人だ。高校野球の場合、ベンチに入れる大人は監督と部長。監督の目が行き届かない部分を、カバーできる部長がいるかどうかは大きい。普段の練習試合から、役割分担して指示できるようにしておくのが理想だ。

もうひとつ、「あと1アウト」の場面に関して、島田監督が必要だと感じることがある。

「どうしても意識をするので、やっぱり目の前のことをしっかりやることですよね。あとひとつというよりは、今やるべきことをしっかりやる。『これを投げたら甲子園だ』となるところで、『外にしっかり投げ切るんだ』と。他の意識が入ってしまうから、ああなってしまうので。イケイケのときって『まっすぐ思い切って放ったれ』みたいな感じで、次のことなんか考えてないからよかったりする。目の前の1球とか、目の前の1プレーに集中させられるような声かけですよね」

大舞台、大きな試合、大きな相手になればなるほど、いかに目の前の1プレーに集中できるかが大事になってくる。あれもこれも求めず、一点に集中できるか。それをさせるのが監督の仕事だともいえる。

「弱気になってる子にはタイムを取ってあげるのも必要だし、逆に放っといた方がいいという子もいます。一概に間を取ればいいというわけではなく、子供が一番いいパフォーマンスをするためにどうするか。精神状態も含めて、どうすれば集中できるのかを見極めることが、監督としてできることなのかなと。それは、普段からどれだけ監督が選手のことを見てるか、コミュニケーションを取ってるかだと思います」

人によって間が必要な場面は異なる。必要な言葉も違う。どのタイミングで、どんな言葉をかければいいのか。監督の表情、監督の一言で選手は変わる。それを意識して、普段からどれだけの準備をしているかどうか。

甲子園を決める究極の「あと1球」。その場面でこそ、監督の真価が問われるのだ。

勝負脳の考察

脳の力をレベルダウンさせる練習の仕方では意味がない

◉ネガティブに陥ると、脳は負ける方に引っ張られてしまう

0対5と完全な劣勢。そこからひっくり返す要因となったのは、5回終了後、グラウンド整備中のミーティングだ。ベンチ前やベンチ内ではなく、ベンチ裏で行ったのがよかった。鶴井が言っているように、点差が開いてしまったことで、高知ナインには「勝てないかも」というネガティブワードが浮かんでいた。このままでは、脳は負ける方に引っ張られていってしまう。

そこで有効なのが、場所を変えることだ。「統一・一貫性」という脳の本能を踏まえると、人間は「統一・一貫性」を意図的に外すことで考えが変わりやすくなる。悪いイメー

ジが浮かんでしまったその場から離れて、違う考えを思い浮かべてからその場に戻ってくる。これが本能を克服する方法だ（『勝ちつづけるチームをつくる　勝負強さの脳科学「ピットフォール」の壁を破れ！』より）。

高知の選手たちは、ベンチ裏に入り、グラウンドの空気をシャットアウトする環境に変えたことで、気持ちを切り替えることができた。

◉脳は途中で新しい情報が入ると、新しい情報にのっとって働き出す

「あと1球」の場面。鶴井は外角にボール球を投げるつもりだった。なぜ、それが中に入ってしまったのか。これも脳に関係がある。脳は途中で新しい情報が入ると、「統一・一貫性」の本能に従い、新しい情報にのっとって働き出してしまうからだ。

わかりやすい例がある。物を取りに行こうとして、途中で呼び止められたり、他のことを考えたりすると、何を取りに来たのか忘れてしまうことがある。これは、脳が新しい刺激である会話や考えに反応したためにそこで方向転換が起こり、物を取りに行くという最初の記憶を忘れてしまったことによるものだ（『ビジネス〈勝負脳〉脳科学が教えるリー

ダーの法則』より）。

このときの鶴井は、当初はボール球を投げようと思っていた。ところが、「ボール球で三振が取れるなら、その方が楽だな」という気持ちが生まれ、「ぎりぎりのコースでもいいかな」と思ってしまった。新しい情報にのっとった結果、投じたボールが中に入ってしまったのだ。

このように、動作の途中で他の考えがちらついたり、否定的な考えがよぎったりしたときは、無理して続けずに一度仕切り直しをしたほうがよい。すでに悪い方向に「統一・一貫性」が始まっているからだ。仕切り直しをして、正しい情報をインプットして、軌道修正をする（『ビジネス〈勝負脳〉脳科学が教えるリーダーの法則』より）。

この場合なら、セットポジションを外し、深呼吸をして姿勢を正し、「ボール球を投げるんだ」と言い聞かせて投げるようにするのだ。鶴井が自分で言ったように、タイムを取って再確認していれば、結果は変わっていたはずだ。

◉脳がフル回転して高い集中力を維持し続けるには、損得抜きで全力で取り組む

もうひとつ、鶴井が悔やむ普段の練習姿勢。これもまた脳に大いに関係している。自己報酬神経群は自分が主体的に取り組み、達成することを「ごほうび」とみなすようにできている。ここに損得勘定を持ち込み、「今がんばってもメリットはないから、ちょっと手を抜こう」などと考えることは、「主体的に取り組む」ことと正反対のスタンスになり、自己報酬神経群の働きを弱めることにつながる。脳がフル回転し、高い集中力を維持し続けるには、損得抜きで、しかも全力で取り組む姿勢が必要だ（『解決する脳の力　無理難題の解決原理と80の方法』より）。

ロンドンオリンピック、リオデジャネイロオリンピックで個人総合連覇を果たした体操の内村航平は、練習も本番も常に内容が変わらないことで有名だ。練習ではケガを避けるため調整程度にとどめておく選手が多い中、内村は本番も練習も関係なく、常に全力投球する。本当に強い選手は、どんなときも手を抜かないのだ。

一方で、金メダルの実力があるのに力が発揮できない人の共通点は、練習で全力投球し

ていないこと。結果を出すためにはこうした方がいい、あれを取り入れると上達するといった情報はたくさん知っており、結果が出そうな得になる方法は一生懸命練習するが、そうではないことには手を抜く。脳の力をレベルダウンさせる練習の仕方をしているのだ。がんばっても勝てないのは、普段から集中して全力投球していないからだといえる（『脳が認める最強の集中力　最新脳科学が教える自分を劇的に変える習慣』より）。

損得を抜きにして全力で取り組み、集中力の素質を磨いていくと、いつも全力投球できる力がついてくる。ここ一番に強くなるのだ。

第5章

玉野光南

甲子園まで
「あと2アウト」から
一気に手にした〝優勝〟が
前代未聞の幻に

ピンチの連続をしのぎ、のちのプロ入り投手を相手に1－0で後半へ

マウンドに、満開の笑顔が咲いた。

人差し指を立てたナンバーワンポーズを頭上に掲げ、喜びを爆発させる。夢の甲子園出場を決めた歓喜の輪だった。テレビには『夏の甲子園　3年ぶり4回目』のテロップが表示された。

ところが、様子がおかしい。ホームプレート前に整列するが、相手チームの選手たちが並ばない。審判に罵声を浴びせて猛抗議している選手もいる。

4人の審判が集まって協議し、問題なしと判断。一度は両チームが整列する雰囲気になったものの、相手チームが納得しない。ベンチに引き揚げさせられた。

7分間の中断。

再協議した審判の説明は、信じられないものだった。

一度はゲームセットになったはずが、まさかのやり直し。あれで、すべてが狂ってしまった。

２０１６年7月26日、第98回全国高校野球選手権岡山県大会決勝。玉野光南は3年ぶりの決勝に臨んでいた。前年秋の大会は、地区予選敗退で県大会不出場。冬場の練習では、「自分たちが弱いことを自覚しよう」と原点に帰ってチームをつくり直した。春は県のベスト8まで進んだが、まだまだ力はない。夏の大会に入るにあたり、田野昌平監督は選手たちにこう話した。

「なるようにしかならんから、自然体でいこう。自分を信じて、仲間を信じてやれば、何があっても動じない。不動心を持ってやろう。何があっても揺るぎない自信と誇りを持って取り組もう」

田野監督が掲げたテーマは、弱いことを自覚しないと強みは出ないという意味の『弱者強心』。チャレンジャー精神で挑んだ結果、3年ぶりの決勝にたどり着いた。相手は春夏連続出場を狙う創志学園。〝松坂二世〟といわれた１５０キロ右腕・髙田萌生（巨人）を擁し、優勝候補筆頭に挙げられていた。田野監督は言う。

「髙田からそう簡単に点は取れない。勝つとしたらロースコアのゲームで、しのいでしのいでいくしかないと思ってました。相手は王者。ウチは向かっていくしかない。『当たり前のことをきっちりして、自然体でいこうぜ』と。『野球の神様はお前らに味方してくれるよ』と言って（試合を）迎えました」

1回表、先発の左腕・阿部卓未が2死三塁のピンチをしのぐと、その裏。玉野光南はチャンスを活かす。2死から3番の宮崎翔平がセンターオーバーの二塁打を放ち、4番・石井啓太郎のレフト前にポトリと落ちるヒットで先制した。その後は髙田の前に追加点を奪えなかったが、阿部が3回2死満塁、4回1死一、三塁と再三のピンチを切り抜ける。5回まで4安打4四死球と塁上をにぎわせながら、粘りの投球で創志打線を無失点に抑えた。

そして迎えた5回裏。田野監督は勝負に出る。1死三塁と追加点のチャンスを迎えたところで、先発の阿部に代打・田中達也を送ったのだ。だが、田中は3－2から空振り三振。続く1番の小見山優人も、同じくフルカウントから空振り三振に倒れた。

「もう1点取って2対0にしたかったので代打を送りました。田中は髙田対策で入れた左バッター。まっすぐには強い。スライダーにもなんとかついていけるだろうと思って出したんですけど……。ピッチャーを早く代えすぎと言われますけど、阿部はいつもよりフォアボールが多いし、球が上ずってる状態。疲労困憊だったんです」

阿部は左ひじを痛め、1年冬にトミー・ジョン手術を受けている。だが、それよりも田野監督が気になったのは試合前の阿部の様子。ブルペン捕手を務める秋友佑斗の報告が芳しいものではなかった。

「いつも秋友に『今日はどんなや？』とピッチャーの状態を訊くんですけど、阿部本人が『今日はダメだ』みたいなことを言ってると。（野球人生は）ここで終わりじゃないけど、普通は『力を振り絞って投げます』とか言うでしょう。秋友には、『本人を持ち上げるような声をかけてやんなさい』と言ったんです」

そんな状態に加え、5回までピンチの連続。精神的な疲労で限界だと感じた。阿部がもう1イニング投げてくれるのが理想だったが、多くは望めないと決断。代打策は実らなかったものの、1対0とリードして5回のグラウンド整備に入った。

「いつもはものすごい（試合時間が）長く感じるんですけど、あっという間でしたね。流れは予想した通りです。1対0、2対0、2対1ぐらいをイメージしてました。調子がいいわけじゃないけど、阿部がようしのいだ。創志がバントの構えとかでかく乱してくるのをちゃんと防ぎましたから」

グラウンド整備中、出野監督は選手たちをベンチから出し、ベンチ裏にあるクーラーの効いた部屋で休ませた。

「後半、こっからは無になろう。余計に不動心でいこうと。あとはもういっぺんメンタルを整えるために、目を閉じて腹式呼吸をやらせて、気持ちを入れ直しました」

練習で妥協しなかったことが一番の自信

6回表からマウンドを託したのは、エースナンバーの191センチ右腕・濱口祐真。田野監督は、濱口に全幅の信頼を置いていた。

「この子でピッチャー陣は成り立ってたといってもいい。頭もいいし、芯がある子。甲子園に行けるとしたら、このピッチャーだなと思ってました。阿部は精神的にもろさがある子だったので、勝つとしたら最後は濱口だなと」

いつもより早めの登板だったが、濱口の準備はできていた。

「3回戦からずっと後ろの方を任されてたので、いつでもいける準備はしてました。5回裏のチャンスで阿部に回ってくるところで、『代打出るな』と思ってたので、そこでしっかり覚悟を決めていけるようにしました」

そう言う濱口だが、いざマウンドに上がるとなると気持ちが高ぶった。

「準決勝はそんなに緊張しなかったんですけど、決勝は特別でした。あとひとつ勝てば夢に見た甲子園なので。それと、自分はもともと緊張する方なので、結構手も足も震えがありました。ただ、そんな覚悟じゃ絶対に優勝できないと思ったので、いろんなことを思い出して、絶対勝つんだという気持ちでマウンドに立つようにしましたね」

投手陣の長である〝投手リーダー〟として、練習を引っ張ってきた濱口。マウンドに上がるにあたり、思い出したのはこれまでの練習だった。

「自分の中で、甲子園に行くために『妥協だけはしない』って決めてたんです。ランニングもトレーニングも、すべて全力でやるように心がけてました。ピッチャー陣の中でも、ランメニューのライバルを決めて、そいつだけには負けないようにやろうとか、他の人よりも1本多く走ろうみたいに決めてやってきた。練習で妥協しなかったことが一番の自信でした」

強い気持ちを持って上がったマウンドで、濱口も粘りの投球を見せる。先頭打者の草加稔に四球を与えるが、あわてない。藤瀬幹英をセカンドゴロ。藤原駿也にはショートへ併殺打を打たせて切り抜けた。

「いつからかわからないんですけど、自分は『立ち上がりが悪い』となって先発を外されたんです。準決勝もそうだったんですけど、先頭のフォアボールは自分の中でルーティンみたいになってました。なので周りの人からも『先頭のフォアボールは当たり前だから』みたいに声かけられて、気楽に投げることができました」

7回は簡単に2死を取った後、難波侑平（日本ハム）に3ボール0ストライクから三塁打を打たれた。

「創志打線で一番嫌だったのは難波です。足も速いですし、長打も出る。打席の中のオーラというか雰囲気が一番あったので。このときは、3－0で打ってこないだろうと思ってアウトコースに投げたのを、簡単に左中間に打たれました。正直、びっくりしましたね。ちょっと甘かったのもあるんですけど、力もあんまり入ってない球でした」

濱口が驚くのも無理はない。野球界の常識として、2死無走者、3－0から打つのは考えられないからだ。続く北川はショートゴロに抑えたが、センター前に抜けようかという当たり。ショートの小見山が二塁ベース寄りにいたことで難を逃れた。

「ピンチになって北川。北川は結構有名な選手だったので怖かったという思いがあります。小見山はセンターライン寄りに守るクセがある。定位置だったら絶対捕れてないですね」

ここで出た難波の性格、小見山の守備位置が土壇場で大きく試合を左右することになる。

1点リードのまま最終回に突入

その裏、玉野光南はチャンスを迎える。

先頭の門屾敦史が四球で出ると、金原大樹が送って1死二塁。さらに岡部伶音も四球を選び一、二塁とした。ここで打席に入るのは濱口。自らの投球を楽にするためにも、一本欲しい場面だ。ところが、濱口は2球目を打ってサードゴロ。サードの麻生竜也が捕球して三塁ベースを踏み、一塁に送球。併殺打となって好機を逸した。

「初球はまっすぐが来ると思ってたんです。まっすぐが来て打とうと思ったんですけど、球が思ったより来てなかった。前日に150キロぐらいのマシンでめっちゃ速い球を見てたんで、高田が遅く感じてしまって甘い球を見逃したんですよ。それでその次のスライダーをひっかけてしまってゲッツー。まっすぐはアウトコース寄りの高め。自分は手が長いんで得意なコースだったんです。初球を打って凡退になるのが嫌だった。それで見送ったと思うんですけど。あの大会は、調子もよくて結構自信はあったんです（準決勝まで8打数5安打、打率・625）。自分の力で点が欲しかった。まっすぐを打っとけばなっていう後悔は今でもありますね」

この打撃での後悔が投球にも影響する。8回表は先頭の3番・高井翔にセンター前ヒット。さらに4番・湯井飛鳥に、ファースト前にドラッグバントを決められ無死一、二塁のピンチを迎えた。嫌なムードになったが、濱口は攻める気持ちをなくさなかった。5番・

草加の送りバントは「三塁で殺そうと思ってまっすぐを投げた」という濱口の球に押され、ピッチャー前へのフライ。濱口は素早いダッシュで捕球すると、飛び出した二塁走者の高井を間一髪アウトにして、一気にふたつのアウトを奪った。

「雨が降っとって足もとが緩んでて、自分がコケてしまったんですよ。コケたのを見て二塁ランナーが出て、それでゲッツーになった。そのとき変な形で倒れてしまったんです」

試合中はアドレナリンで何も感じなかったが、試合後は右ひざが痛み出したという。それほど、必死のプレーだった。2死一塁となり、藤瀬は空振り三振に打ち取るが、最後の球を捕手の門乢が後逸（記録は暴投）。振り逃げで2死一、二塁と再び得点圏に走者を進めたが、代打のキャプテン・野川悟を空振り三振に斬って取り、ピンチを脱した。

「門乢の失敗だったので、これで（点を）取られたらキャッチャーが後悔する。ミスを絶対にカバーしようと思いました」

8回裏、玉野光南は2死から宮崎が安打で出るも無得点。徐々に調子の出てきた高田から追加点を奪えなかったものの、なんとか初回のリードを守り、1対0で9回表を迎えた。

「そんなに点を取ってほしいという思いはなかったと思います。とりあえず、自分は9回を抑えることだけを考えてました。1点も取られなければ勝ちなんで」

最少得点差の重苦しい展開に耐えて〝優勝〟のはずが……

あと3人。緊張感が高まる場面だが、濱口は落ち着いていた。先頭打者の8番・高田を1球でセカンドフライに打ち取る。

「自分は立ち上がりが不安なんですけど、9回は絶対勝つという気持ちが強かったんで、あんまり緊張してなかったと思います。調子も悪くなかったので、抑えられる自信もありました。初球で1アウトが取れたのはデカいですね。カウントを取りにいったスライダーを、簡単に打ち上げてくれたので。これで気持ちが楽になって、甲子園がちらついてきました」

だが、甲子園への道は簡単ではない。続く途中出場で今大会無安打の9番・本田竜真にセンター前ヒットを打たれた。

「低めのスライダー。悪い球ではなかったですけど、当てられただけでセンター前に運ばれた。もったいないなというヒットですね。これもちょっと後悔してます。後悔してるところばっかりなんですけど（苦笑）」

1死一塁で左打席に難波が入る。今大会ここまで22打数10安打、打率・455と当たっている。2年生ながら、濱口がもっとも嫌だという打者。だが、ベンチの田野監督には考えがあった。難波の性格を利用するのだ。

「難波は打ち気満々なんです」

細眉の難波は見るからに〝オラオラ系〟。7回の三塁打は2死走者なし、カウント3-0から打ったものだ。野球の常識からすると考えられない状況でのヒッティングは、よく言えば積極的、悪く言えば打ちたくてたまらない、目立ちたがりの性格であることを表している。好き勝手なプレーを指導者も容認。あとアウトふたつで試合が終わる1死一塁の状況でも、チームバッティングなどするはずがない。「そんなに打ちたければ、どうぞ打ってください」というわけだ。

「打ち気満々だから、内に投げておけばフライを上げてくれるか、ファウルになる」

ストライク、空振り、ボール、ファウルでカウント1ボール2ストライクとなった5球目。濱口が投げたのはインコースへのストレートだった。ボール気味のコースだったが、打ちにきた難波のバットは止まらない。中途半端なスイングになった打球はピッチャーの前へ転がる。濱口は冷静に捕球し二塁へ送球。1-6-3と渡る併殺打となった。濱口はこう振り返る。

「インハイのいい球でした。（打球は）自分の目線では普通のピッチャーゴロにしか見えなかった。まっすぐ自分のところに来たので、そのまま二塁に投げました。今も周りの人から言われるんですけど、この二塁送球がめちゃくちゃいいボールだったんです。低めから伸びていってショートのど真ん中にいった。雨の状況の中で、打球への入りとかも完璧なレベルでできた。過去一番ぐらいのレベルでよかったんです」

決勝戦の重圧、最少得点差の重苦しい展開に耐え、見事な継投策で1対0の完封劇。マウンドには濱口を中心に歓喜の輪が広がる。玉野光南ナインは人差し指を突き上げるナンバーワンポーズで喜びを爆発させた。

「めっちゃ喜びが大きかったですね。阿部がつないでくれて、絶対に負けるわけにはいかなかったので。みんな寄ってきて、自分もバックスクリーンとか見たりして。これで優勝だって。よくわかんないですけど、ホントに甲子園球場が頭の中に浮かんだんです。みんなと歓喜の輪をつくってるときは、ずっと甲子園のことを考えてました」

ベンチの田野監督もマネージャーと握手。「よっしゃ」と喜んだ。

創志学園の猛烈な抗議から、二度にわたる協議へ

歓喜の輪が解けた選手たちは、試合終了のあいさつをするべく、ホームプレート前に整列した。だが、創志学園の選手たちは並ばない。複数の選手が審判に詰め寄り、自打球をアピールしている。

「ファーストのランナーコーチが、めちゃくちゃキレてたんです。自分らは『えっ!? 怖い、怖い』みたいな感じでした。自分的にはピッチャーゴロで終わってる。意味がわからなかったですね。ただ、歓喜の輪のときも難波が抗議してるのは横目で見えてた。なので、90パーセントぐらいは喜んでるんですけど、なんかちょっと気持ち悪いな、腑に落ちないなみたいなところはありました」

創志学園の抗議は猛烈だった。濱口が覚えているのは、選手たちが言っていた内容だ。自打球なら「当たってる」「ファウルだ」と言うところだが、聞こえてきたのは別の言葉だった。

「去年もあったやろうが!!」

庄司睦球審は、創志学園が岡山学芸館に5対6で敗れた前年の岡山県大会決勝でも、球審を務めている。その試合で、創志学園側からすると不利にとらえられる判定があった。しかも、難波自身がタッチアップで離塁が早いとされてアウトと言われている。2点リードを9回表にひっくり返されたこともあり、「あの判定がなければ……」という思いから、選手たちは余計に怒りを爆発させていたのだ。

創志側の抗議によって、4人の審判が集まり、協議を始めた。だが、話し合いは1分足らずで終わり、審判団も整列する。これで試合終了が確定。玉野光南には、それを見て再度ガッツポーズをする選手もいた。

ところが――。

罵声、怒声混じりに抗議を続ける創志学園の選手を見て、ネット裏の大会本部から審判団に集合がかかった。山河毅審判委員長も加わり、再び協議が行われる。玉野光南ナインは、協議中もしばらく整列していた。

「様子はおかしいけど、四氏審判で話し合った。ぬか喜びはできんけど、これはOKだと確認して、もういっぺんしっかり並べと並ばせました。罵声とかひどい状態でしたけど、毅然とした態度で並んどけよと」（田野監督）

だが、協議が長引いたことで、玉野光南も大会本部からベンチに戻るよう促された。無人のグラウンド。長い中断に、スタンドでは待ち切れず玉野光南の校歌を歌う人もいた。

「(選手たちがベンチに戻ってきて)一発目に声をかけたのが『とにかく動じるなよ』ということ。『ここで何があろうとも、もういっぺん試合が行われようとも、それまでやってきたことしか出んから。たとえ覆ったとしても、お前らに負ける要素はないぞ』と」

そうはいっても、これまで高校野球で審判の判定が覆ったことなど聞いたことがない。大谷翔平(エンゼルス)が花巻東のエースだった12年夏の岩手県大会決勝では、盛岡大附・二橋大地が打った完全なファウルの打球を、3ラン本塁打と判定されたが覆らなかった。あのときは、花巻東の選手だけでなく、観客がファウルとアピールしても、審判団は聞く耳を持たなかった。県は違うとはいえ、同じ高校野球だ。判定が覆ることを予想した人がどれだけいただろうか。濱口は言う。

「基本、判定は変わらないじゃないですか。高校野球はビデオ判定もしないんで。変わることは100パーセントないと思ってました。ただ、ベンチに戻ったときに監督から『基本的にはあると思え。ないと思って、そこから気持ちを切り替えるのは難しいから』と言われたんで、そこからは試合再開すると思ってましたね」

最悪に備えて準備させるのは指揮官の役割。とはいえ、田野監督も、万が一の事態になったときのために、念のためそう声をかけたにすぎなかった。

「絶対覆ることはないと思ってました。四氏に委ねて、四氏がOKと言うたわけですから。並んで待っとるときは、インタビューのコメントを考えてたんですよ。『創志学園さんには後味が悪い試合ですけど、ありがとうございました』とはじめに言おうと思ってた。相手は怒りまくってたので、鎮めるためにですね。そしたら、ホンマに覆るのかと。なんで覆るんだと思いました」

中断時間は約7分間だったが、待たされる側は7分には感じない。田野監督は言う。

「(歓喜の輪が解けてから)10分ぐらい。それが、何十分にも長く感じました」

待たされる時間が長くなるにつれて、ベンチの玉野光南ナインの表情が徐々に変わっていった。

「四氏が協議して整列した時点では、覆る可能性は0パーセントですね。ベンチに引き揚げてきて、途中で雲行きがおかしくなってきたのに気づきました。覆る可能性が1、2、3、4、5パーセントと上がっていった。それでも20パーセントぐらいかなと思ってましたけど。ただ、覆ったときにちゃんとしとかなきゃいけないと感じたので、『ちょっと足動かしとけよ。何があっても勝つのはオレたちだからな』と声をかけてました。声かけによって表情が変わってきたヤツもいれば、もちろん変わらなかったヤツもいます」

協議の結果を待っている7分の間、濱口は祈るような気持ちだったという。

「『当たってないでしょ』みたいな感じで話はしてたと思いますけど、そんなに会話はしてなかったですね。とりあえず、頼むからこのままアウトで終わってくれっていう気持ちでした」

田野監督から「再開するつもりでいろ」と言われ、気持ちの準備はしていたが、中断中、濱口はあえてベンチから動かなかった。

「自分が外でキャッチボールとかしたら、『ピッチャーからは当たってるように見えたんだな』って判断されるじゃないですか。だからキャッチボールはせず、中で待機してました。雨も降ってましたし」

前代未聞の〝優勝〟が覆った判定

本部役員も加わった協議が終わり、責任審判の浮田一塁塁審がマイクで場内に事情を説明する。

「1アウト一塁でバッターの打球がピッチャーゴロとなりましたが、審判団協議の結果、いったん打球が地面に、フェアグラウンドについたあと、バッターに当たったと。ワンバウンドした打球がバッターの足に当たっとるということになりましたので、ファウルボールとして試合を再開します」

浮田審判員の声に耳を澄ました濱口だったが、はっきりとは聞こえなかった。

「『フェアグラウンドについた、バッターに当たった』って、それってアウトなんじゃないかって思ったんですけど。『ファウルで試合を再開します』というところしかちゃんと聞こえなかった」

ちなみに、公認野球規則5・09(a)「打者アウト」の項目(7)にはこうある。

『野手(投手を含む)に触れていないフェアボールが、打者走者に触れた場合。ただし、打者がバッターボックス内にいて、打球の進路を妨害しようとする意図がなかったと審判団が判断すれば、打者に当たった打球はファウルボールとなる』

確かに審判の説明の通りではあるが、浮田審判員の説明を聞いて、すぐに事情が呑み込める人は少ないだろう。しかも、打球が当たった難波以外、審判も、濱口も、プレーした野手も、ベンチにいた選手も、スタンドの観客も、テレビで見ていた人も、誰も自打球とはわからなかった当たりなのだから。田野監督は言う。

「肉眼ではわからんでしょう。こっち(ベンチ)からは全然見えないし、後からキャッチャーの門屾に訊いても、『わからない』と言ってました」

それならば、こちら側から「なぜ一度判定を下したものが変わるのか」と抗議してもよさそうなものだが、田野監督はそうしなかった。

「なんであのとき抗議せんのだとかいろいろ言われるんですけど、ここで審判に言ってぐちゃぐちゃになっても……と。実際、ウチがやってきたことに間違いはない。お前たちなら絶対大丈夫だと、自信を持って送り出しました」

選手たちが守備につく際、田野監督はベンチ前に集めて言葉をかけている。

「もういっぺん、この大会のスタンスを言うとかにゃいけんと思って集めました。弱者強心と不動心ですね。『前代未聞のことやけど、これを乗り越えてこそ不動心。なるようにしかならん』と。その先には、『やればできる』という言葉がつくんですけどね」

選手たちがグラウンドに散る。打席には、九死に一生を得た難波。自打球が当たった当事者であることに加え、前年の判定にも不満を持っていただけに、アウトの判定にもっとも激しくかみついていたうちの一人だ。「試合再開」のアナウンスを聞いたときは、「うっしゃー」と雄叫びを上げている。一方の投手・濱口は、アナウンスを聞き、なんともいえない表情を見せた。

「監督に集められて、『切り替えて全力でいってこい』みたいな感じの話で送り出されました。自分も気合入れてマウンドに上がった感じです。キャッチボールもせず、すぐに行きました」

4人の審判員が協議して、一度は勝ちが決定したはずなのに、あっさりと覆った。マウンドで歓喜の輪までつくった。到底受け入れられないはずだが、マウンドに戻る濱口には笑顔があった。

「審判の庄司さんから『ごめんね』と謝られたんです。自分がどう抗議しても判定は覆らない。審判さんの気持ちも考えて、自分が笑顔で受け取った方がその後審判もやりやすいかなと。『大丈夫です』みたいな感じでボールを受け取った記憶があります」

判定といっても、ただの判定ではない。甲子園が決まるかどうかの判定なのだ。しかも、一度は決まったものを覆されている。ここで笑顔を出せるのは、濱口の人間性であり、大人な部分だろう。

「自分で言うのも何ですけど、気持ちが弱いから言えないっていうのもあるんですけど……。ただ、自分は人の気持ちを考えるようにしてるんです。自分が態度悪くしたら、審判さんがやりにくい。自分が抑えればいいだけなんで。審判は何も悪くないから、笑顔で対応しようと思った。というより、自然と出ちゃったんです」

納得がいかないとはいえ、にらみつけ、怒声を浴びせ、ケンカを売るかのような態度で審判に迫る創志学園。望んだ結果にはならなかったものの、笑顔で対応する濱口。対照的な姿勢だ。

「監督さんからずっと『応援されるチームになれ』って言われてたんです。ここでガヤガヤ文句言うよりも、笑顔でプレーした方が絶対応援されるチームだなと思った。応援されるチームになることだけを考えて、笑顔でいったんだと思います」

両者の姿を見れば、観ている人に「甲子園に行ってもらいたい」と思われるのは、間違いなく濱口の方だろう。とはいえ、こと勝負という面だけで考えれば、〝いいヤツ〟すぎるという面もある。

「そこがたぶん、最後の甘さにつながったと思います」

投球練習の数を任された濱口は、5球程度を投げ、庄司球審から「プレイ」の声がかかるのを待った。

試合再開直後の魔の1球

試合再開。

問題は1球目だった。長い時間中断したうえに、一度は試合終了でスイッチを切っている。それまでと同じように投げるのは難しい。当然、田野監督は心得ていた。この試合でマスクをかぶっていたのは、背番号12の門虬。春の大会後に、強肩を買われて捕手にコンバートされたばかりだった。急造捕手ということもあり、大会中は田野監督がベンチからサインを送っていた。

「初球は必ずボールにしなさいのサインですね。濱口は外に逃げていくツーシームがある。この状況だったら、難波は絶対振るじゃないですか。（1－2と）追い込んでいるのでツーシームを見せて、最後はもういっぺんインコースだと思ってたんですよ。外のツーシーム、内のストレートでいこうとしたんです」

もちろん、攻め方のプランは濱口もわかっていた。投球前に門虬と話もした。

「1球目はまっすぐで外して、2球目はフォークで落として、そこで三振が取れたらいい。（三振が）無理でも最後インコースに投げようと思ってました」

ただ、この配球に心から納得していなかったのも事実だった。そのときの心境を濱口は正直に吐露する。

「自分は（再開後の初球に）フォーク投げたかったんですよ。門虬の方が『1球外そう』みたいな感じになって。自分は外すのが嫌だった。1－2から外して平行カウントにしたくないと思ってたので。それに、フォークなら振ってくれる可能性があるじゃないですか。

ボールを投げるならそっちの方がいいなと思ったんです。フォークに自信あったし、フォーク投げて終わらせたいっていう欲もあった。そこで『まっすぐで外せ』って言われて、『んー』って考えてる自分がいたんです。その食い違いもあって、納得したまっすぐじゃなかった」

その微妙な思いが、投球に表れる。再開直後の1球目。田野監督のサイン通り、門屾は大きく外に寄る。右打者であればすっぽり隠れて見えなくなるぐらいのボールゾーンに構えた。

ところが――。

濱口が投げた1球は、信じられないぐらい中に寄ってきた。ボール球どころか、外角いっぱいのストライクともいえるゾーンに来たのだ。コース自体、それほど甘くはない。だが、もともとの打ち気に加え、一度死んで「1球しかない」と食らいつこうと思っていた難波には絶好球だった。外角低めを拾い上げるようにライト前に運ばれた。

「一回優勝を味わってたので、それで気持ちが焦っちゃってましたね。『もう、早く優勝したい』みたいな感じ。心のどこかで、『ストライク入れよう』みたいな気持ちになってたんですよ。たぶん、その気持ちの方が勝って、内に入っちゃった。自分の気持ちの弱さで打たれたと思います」

くり返すが、捕手の門屾はボール、大ボールのコースに構えている。にもかかわらず、なぜ、ストライクゾーンに投げてしまったのか。

「勝ちたい、勝ちたいっていう欲がありましたね。『早く終わりたい。早く決めてもう一回歓喜の輪をつくりたい』って思ってました。難波も一回抑えてるんで（幻の投手ゴロ）、インコースで絶対打たれない自信があったんです。それが、ちょっと内にいって『ひっかけてくれればいいや』って気持ちになった。その結果、キャッチャーが全然構えてないところにいってしまった。一番悔いが残ってるのは、あそこですね」

投げ急ぐというのは、テンポのことだけではない。早く試合を終わらせたいというはやる気持ちが出ることだ。もし、再開決定後にもっと時間があったら、もう少し冷静になれたのではないか。そんな問いに、濱口はこう言った。

「たとえ10分もらっても、勝ちたい欲はたぶん消えないと思います」

一度甲子園を決めた気持ちよさは、そう簡単には消せない。この状況では、特別な何かをしない限り、切り替えるのは難しいだろう。

大きく外すボール球を要求し、打たれることが頭になかった田野監督は驚いた。

「びっくりでしたね。『うわー、なんでそうなるんや』と。『あっ』とか声に出てると思います」

この一打で、流れは完全に創志学園に移った。1死一、二塁となり、田野監督はこの試合3回目の伝令として、背番号14の春名伸亮を送った。輪をつくり、全員で右手を胸に当てて声を出し、気合を入れる。ショートの小見山が、守備位置に戻りながらさらにひと声かけたが、このときの濱口には届いていなかった。

「あんまり覚えてないですね。そんなまともな話はしなかったと思います。春名は生徒会副会長で自分らのいじられキャラ。ちょっとだけ監督の指示があって、それ以外は春名がふざけたり、励ましたりするような感じだったと思います」

〝優勝〟から一転、悪夢の逆転劇

2番の北川に投げる前に、濱口は二塁へけん制球を投じたが、これはショートからのサインだった。

「殺しにいくサインではなかったので、たぶん気をつかって間を取ってくれたんだと思います。気持ちを落ち着けるために投げました」

北川への初球。内角直球が外れた。2球目は、捕手は外角のボールゾーンに構えたものの、内側に入ってストライク。３球目は内角直球が外れてボールになった。そして、カウント２－１からの４球目。濱口はインコースにストレートを投げる。これが、甘く入った。北川の打球は快音を残してライト線へ飛ぶ。球場には歓声が上がったが、打球はラインよりもわずか1、２メートル右。ぎりぎりのところでファウルになった。

「正直、負けたなって気持ちになりました。ファウルだったんで、逆に顔つくって『（打った瞬間から）ファウルってわかってた』みたいな顔でいったと思います」

５球目も内角直球でバックネットへのファウル。６球目は外角に大きく外し、７球目はまたも内角直球でファウル。そして、８球目だった。内角を狙ったストレートが、外角高めへ。これをレフト前に弾き返された。

「もったいない1球でした。自分は結構球が抜ける傾向があったんですけど、それが出てしまった。完璧に抜けちゃいました」

1死満塁となり、創志側のスタンドは大きく盛り上がる。打席には3番の高井。ここで田野監督は二遊間を下げ、二塁で併殺を狙う中間守備を指示した。前進守備はヒットゾーンが広がるうえ、二塁走者に大きくリードを許すことになる。玉野光南は後攻。逆転さえされなければ、常に1点取ればサヨナラの状態で攻撃ができる。それを考えれば、賢明な策といえた。

高井への初球。ベンチの田野監督は、ボール球の外角ストレートを要求した。「外せ」のサインだ。濱口の球はまたしても打てるゾーンへ入る。田野監督は「まっすぐがちょっと甘かったんですよ。これも『ボールから入れ』の初球なんです」と悔やんだが、実はこれは濱口の狙い通りだった。

「7、8回とピンチ続き。正直、8回に逆転されると思った状態だったので、このときはそんなに苦しいと思いませんでした。逆に冷静だったと思います。高井は絶対初球を打ちにくるのがわかってた。ガッガツくる系、『打ちたい、打ちたい』みたいな感じの人なんで。外せのサインですけど、ちょっとボール球のアウトコースに軽く投げれば、内野ゴロを打ってくれるだろうという気持ちで投げました。計算して（捕手の構えよりも内側に）入れたボールだったので、これには悔いはないですね」

外角の球を強引に引っ張った打球は、ショートへのゴロになった。当たりはよくなかったが、飛んだ位置がやや三遊間寄りだったこともあり、小見山が追いつくのが遅れた。捕球はしたものの、握り替えの際にグラブからボールがこぼれる。

「ショートの定位置寄りの打球だったんで、ゲッツーだと思ったんですけど。小見山はセンターラインに守るクセがあるし、このときはゲッツーシフトだったので余計（二塁ベースに）寄ってたと思います。それに、アウトコースのボール球のサインだったので、さらに（ベース寄りに）動いたと思います」

　小見山のグラブからこぼれたボールが転々とするのを見て、二塁走者の難波は猛然と三塁を蹴る。ボールを拾ったレフト・佐桑輝一の送球がやや遅れ、難波が逆転のホームに頭から飛び込んだ。

「輝一は小柄ですけど、結構肩が強いので信頼してたんです。『難波の暴走だな。余裕でアウトだ』と思ったんですけど、思ったより弱いボールでした。あれは、難波じゃないと絶対に来ないですね」

　もし、前進守備だったら、小見山はそこまで二塁ベースに寄っていないはず。であれば、このゴロでホームゲッツーの可能性もあった。

「自分は内野ゴロがいくって思ってたんで、今思えば前進守備の方がよかったのかなと思います。結果論なんであれですけど……。ただ、監督の後ろゲッツーの気持ちはわかるんで、全然後悔はないです」

　運がなかったとしかいいようがない。ベース寄りに守る小見山のクセが、悪い方に出てしまった。堅実な守備で田野監督も信頼する小見山だが、あわてたことでグラブからボールがこぼれた。二塁走者はイケイケの性格の難波。だが、これまたあわてた佐桑は本塁に走る予測ができていなかった。いずれも、創志に移った流れに呑み込まれたように映った。

田野監督は言う。

「そういう意味では、精神的に追い込まれてる部分があるかもしれないですね。地に足がついていない。厳しかったですね。（試合再開時にベンチ前で）円陣を組んで、言葉では準備したつもりですけど……。みんな濱口のことを信頼してるから、逆に『どうしたんや？』と周りもおかしくなったのかもしれないですね。そんなときはタイムを取って、『もういっぺん笑顔になれ』とか『必笑じゃ』とか言うけど、なかなかこの状況ではね」

「応援されるチーム、人間になろう」というお手本のような選手たち

1対0の張り詰めた緊張感が、この2点でぷつりと切れた。濱口は言う。

「2点取られた時点で、正直、厳しいなと思いました。初回に1点取って、その後は高田にほぼ完ぺきに抑えられていた。スライダーに誰もついていけてないですし、ヒットもあんまり出てなかった。一回優勝を決めてたんで、あれでめちゃ暗いというか、一気に冷めた感じになりましたね」

このときの精神状態を物語るかのように、濱口は次の湯井の四球、草加の空振り三振を

覚えていない。記憶があるのは、2死満塁からこれまで3打数0安打だった6番の藤瀬に、センター前へ2点タイムリーを許したことだけだ。

「強い当たりではなく、ポテンみたいな感じだったと思います。あんまり記憶にないっていうか、友達とユーチューブを見るときも、自分は勝ったところまでしか見ないので（笑）。家には1試合まるまる録画したものがあるんですけど、1回から9回まで見ても、（自分たちが）優勝したところまでしか絶対見ないんです。思い出したくないので見てないですね」

ダメ押しともいえる4失点。これで、勝敗は決した。その裏、創志学園のエース・髙田はこの日最速の148キロを記録。玉野光南の攻撃は三者凡退で終わった。

「髙田がすごかったたし、打順も下位で3点差だったので、正直、絶対無理だなという感じでした。9回裏も記憶がないですね」

そう話すエースと同様、田野監督も途中から記憶が飛んでいる。

「9回表の藤瀬の打席あたりからは記憶がないです。最後、金原が打ち取られるのはよう覚えとるんですけど……」

まさに、天国から地獄。

あまりの急展開に、試合が終わった直後の濱口は現実を受け入れられていなかった。

5	6	7	8	9	計
0	0	0	0	4	4
0	0	0	0	0	1

[創志学園]

	選手名	打数	安打	打点	1	2	3	4	5	6	7	8	9
1 (左)	△難　波	4	3	0	四球	…	左安	…	ニゴ	…	中3	…	右安
2 (遊)	△北　川	3	1	0	三ギ	…	右飛	…	四球	…	遊ゴ	…	左安
3 (右)	高　井	4	2	2	ニゴ	…	四球	…	右飛	…	…	中安	遊安
4 (二)	△湯　井	4	2	0	遊ゴ	…	三安	…	遊ゴ	…	…	三安	四球
5 (中)	△草　加	4	0	0	…	左邪	三振	…	…	四球	…	投飛	三振
6 (一)	△藤　瀬	4	1	2	…	三振	…	死球	…	ニゴ	…	振逃	中安
7 (捕)	△藤　原	2	1	0	…	中安	…	投ギ	…	捕併	…	…	…
打	野　川	1	0	0	…	…	…	…	…	…	…	三振	…
捕	小　林	1	0	0	…	…	…	…	…	…	…	…	三振
8 (投)	髙　田	4	1	0	…	中飛	…	中安	…	…	投ゴ	…	二飛
9 (三)	麻　生	2	0	0	…	…	三ゴ	二併	…	…	…	…	…
打	槌　西	1	0	0	…	…	…	…	…	…	遊飛	…	…
三	本　田	1	1	0	…	…	…	…	…	…	…	…	中安
併 1	残 12	35	12	4									

選手名	回数	打者	安打	三振	四球	失点	自責
髙　田	9	34	6	9	3	1	1

第98回選手権岡山大会決勝

チーム	1	2	3	4
創志学園	0	0	0	0
玉野光南	1	0	0	0

[玉野光南]

	選手名	打数	安打	打点	1	2	3	4	5	6	7	8	9
1(遊)	小見山	4	1	0	三ゴ		中2		三振			右飛	
2(左)	△佐　桑	3	1	0	三ゴ		四球			左安		ニゴ	
3(二)	△宮　崎	3	2	0	中2		三振			三ギ		中安	
4(中)	石　井	4	1	1	左安			三振		投直		二飛	
5(一)	今　村	4	0	0		三振		三振		三振			一邪
6(捕)	門　乢	3	0	0		遊ゴ		中飛			四球		三振
7(三)	△金　原	3	1	0		左飛			遊安		捕ギ		一ゴ
8(右)	岡　部	1	0	0			三振		投ギ		四球		
9(投)	△阿　部	1	0	0			ニゴ						
打	田　中	1	0	0					三振				
投	濱　口	1	0	0							三併		
併3　残6		28	6	1									

選手名	回数	打者	安打	三振	四球	失点	自責
△阿　部	5	22	4	2	4	0	0
濱　口	4	21	8	4	2	4	4

「4点取られてもボケーッとしてる感じで、ホントに意味がわからないみたいな感じでした。負けても負けた感じがしなかった。試合が終わっても、涙が出なかった。自分、結構感情的なんで、整列するときには絶対泣いてるはずなんですけど」

ようやく現状を把握したのは、スタンドの応援団にあいさつをしたときだった。

「あのときスタンドから『お前らが岡山1位や』『お前らが一番や』みたいな声が聞こえたのと、ずっとお世話になった投手コーチの方が目に留まって、そこでようやく負けたのを実感しました。それぐらい9回のときはボケーッとしてましたね」

つかんだと思った甲子園が逃げていった。しかも、一度は併殺と判定された打球がファウルとなり、一気にふたつのアウトが消えた。スーパースローで見なければわからないような微妙な打球の判定が、あっさりと反対にひっくり返った。

試合後、山河毅審判委員長が認めているように、審判団に不手際があったのは事実。創志が罵声を浴びせたように、玉野光南側からも審判を非難する声が上がってもおかしくはない。だが、濱口の笑顔に象徴されるように、玉野光南ナインは不満を表に出すようなことはなかった。選手たちの姿について、田野監督はこう言う。

「テレビに『3年ぶり4回目』とテロップが出たんです。みんなそれで終わったと思って、僕にもお祝いのメールが何十件も入ってきてました。後から『ごめんなさい』というメールが来ましたけど。笑い話にもならんことですよね。それでも、選手たちはよく我慢しました。子供なんで、後ろ（ベンチ裏）で叫んでるヤツはいましたけどね。いたたまれない気持ちとか、脱力感とかあったと思います。それにしても、彼らの卒業までの姿がかっこよかった。それを見た後輩に『応援されるチーム、人間になろう』と言えるお手本です。あれを見て、心底こいつらでよかったと思えるし、やっぱり人を育てて勝ちたいと思いましたね。甲子園という結果は残らんけど、光南の誇り、野球部の誇りを持たせてもろうた学年でした。ただ、それを美談では終わらせたくない。大人の責任として、最高の舞台で最高の結果をもたらすことができるような、ルールや環境をつくってほしいですね」

マナーの悪いチームよりも、よいチーム、応援したくなるようなチームや人間に勝ってもらいたいのが人情。だが、勝負の世界は厳しく、残酷。いくら素晴らしい戦いをしても、甲子園出場校の欄にこの年の玉野光南の名前は刻まれない。

大一番の接戦になればなるほど、重要となる言葉の力

この試合、田野監督はいくつかの悔いを残している。ひとつは、捕手。濱口が完投した

2回戦以外は、継投とともに捕手も交代していた。阿部が投げるときは門屾、濱口が投げるときは秋友。秋友が捕手に入ると、門屾がライトに回るというのがパターンだった。だが、この試合は門屾が最後までマスクをかぶっている。なぜ、代えなかったのか。

「流れを渡しとうなかったんです。秋友よりも門屾の方が肩が強い。1点差なので盗塁もよぎりました。それと、秋友はやさしいので、創志につけ入られるスキがあるかなと思ったのも確かです。でも、後から考えて、最後は秋友やなというのも思いました。8回ぐらいから代えるという頭もあったので」

9回表は「外角のボールから入れ」というサインの球が、ことごとく中に入った。これがもし、濱口の球を受け慣れている秋友だったら……。声のかけ方、ジェスチャー、リズムやテンポなどで濱口が変わったかもしれない。

ふたつめは、試合が中断している間の時間の使い方。中断でバッテリーがベンチにいたため、直接話すチャンスがあった。

「ベンチから濱口に『初球はボールでええからな』と大きい声では言うてますけど、ベンチでは言うてなかった。『必ずボールにしなさい』のサインは、ピッチング練習ぐらいでええから外せと。そこまでの指示をピッチャーにしないといけなかった。難波に対する配球も、こっちからサインを出すよりも『もう1-2だからこうしよう。次のボールはこれ投げよう。こうやっていかれたらしゃあねぇやないか』とベンチで二人に言うて送り出せばよかった」

現在はタイムでベンチに選手を呼ぶことは禁止されているが、昔は当たり前だった。中断の時間が選手をベンチに呼んだタイムだと考えれば、次の投球やプレーに対する具体的な指示を伝えることができた。

3つめは、試合再開時の時間の使い方。長い中断の間、選手はほとんど待機していただけだった。送り出す前に円陣を組んだが、決して長い時間ではなかった。

「間を取ってやることですね。もっと準備の時間を取って、切り替えをさせてやるべきでした。こっちから要求して10分なり、15分なり取る。もう一回、ベンチ裏に入れるなり、リセットさせて、もういっぺん状況を頭に入れる。特にピッチャーですね。声をかけても、一番変わらなかったのが濱口。ピッチャーの心理だけは変わらんなというのを実感しました。もちろん、(普通は)歓喜の輪をつくってから再開なんてことはない。心の揺れがあったんだと思います。後で濱口に訊いたときも『切り替えができてなかった』と。内野手がマウンドに声かけに行くんですけど、『(頭に)入ってきてない』と言うてました」

前代未聞の状況だけに、すぐに切り替えることは難しい。ある程度の時間を使い、特別なことをさせなければ、悪い流れを断ち切ることは難しいかもしれない。

「野球の監督は他の競技と違って、ユニフォーム着てベンチに入っとるわけじゃないですか。ラグビーなんかスタンドなのに。ベンチに入れるんだからこそ、ディレクターとして言葉で操るしかない。入っとるからこそ、アドバイスができるのも高校野球の監督かなと。だから僕は、いつも19人目の代表だと思ってベンチに入っとるんです」

どのタイミングで、どんな言葉をかけるのか。大一番の接戦になればなるほど、言葉の力が必要になる。

最後は、「オレがやってやる」という気持ちしかない

実は、濱口がもっとも後悔していたのも、田野監督と同じく捕手のことだった。

「ホントに後悔してるんです。最後、監督に頼んで秋友と組めばよかったというのは、めちゃくちゃ思ってます。それがホントに一番の心残りなんです。自分は練習も練習試合も、ほぼすべて秋友に受けてもらってた。秋友とずっとバッテリーを組んでました。門叶の方がキャッチングも肩もバッティングも全部いいんですけど、練習試合で組んだときはそのたびに打たれた記憶がある。秋友とはあいつのキャッチング練習に付き合ったり、自分の

ピッチングも全部見てもらったりして、結構いい関係でやってました。サインの面でも、秋友だったら、自分の考えてることをわかってる。一発で（サインを）出して、自分もすべてうなずいて、『つながってるな』という感じで投げてたんで」

それだけの信頼関係があるから、8回表2死一塁で藤瀬を三振させたときの振り逃げも、秋友なら止めてくれたという思いがある。もし、振り逃げがなければ、9回表の創志学園の攻撃は7番からだった。振り逃げは直接失点に絡まなかったが、ここで打順がひとつ進んだことが、試合に大きく影響した。難波のピッチャーゴロがファウルになって試合が再開したとき、濱口はこう思ったという。

「あとひとつだったらめちゃくちゃ楽なんですけど。1アウトで、バッターは難波。『あとふたつかー』って感じでしたね」

優勝を決めたはずの打球が併殺だったことで、ゴールから2マス戻された。一度は「上がった」と思ってからの2マスは、普通よりも何倍も遠くに感じる。

そして、再開直後の1球は、バッテリーの考えが一致しなかった。濱口はサインに納得していなかったのに、なぜ首を振らなかったのか。それには、こんな理由があった。

「基本的にリズムを大事にしてるので。一回首振っちゃったら、ちょっとでもリズムが崩れてしまう。だから、首は振らないようにしようと思ってました。自分はテンポで打ち取っていくスタイル。それによって勢いに乗っていくんです。球もそんなに速くないですし、変化球もキレキレってわけでもない。投球術でカバーするしかないんで。どうしても投げたいときは首振ってましたけど」

試合再開直後のあの1球。もし、捕手が秋友だったら、投げた球は変わっていたかもしれない。

「自分とずっとやってて、投げたい球もわかってくれてますし、自分優先で考えてくれるので。フォークを投げても、秋友だったら止めてくれる。ショーバンを投げづらいとかもないと思います」

再開が決まってマウンドに登ったときは、抑えられる自信があった。動揺がなかったとはいえないが、「まだいける」と思っていた。それが崩れたのが、難波のヒット。中途半端な気持ちで投げた1球だった。

「あれで気持ちが全然……。何ていうんだろう……。わかんないです。難波に打たれて頭が真っ白になりました」

大学生になった今、もしあの状況に戻れるとしたら、どうするのだろうか。

「今だったら、もう1球、強気でインコースまっすぐで攻めますね。そこで外に投げて打たれるよりも、自分の自信のあるまっすぐを強気でいったら打たれない自信がある。気持ちで抑えられる自信があります。あのときの自分に一番言いたいのは、『もっと強気で、相手を上から目線で見下ろして投げろよ』ということ。ビビッて投球してたので。自分はピッチャー向きじゃない性格。でも、その甘さがあると、こういう場面では全然通用しないというのが、ホントにこの試合でわかりました。あれ以来、投げるときは上から見下ろして投げるようにしてます」

最後は、「オレがやってやる」という気持ち。その自信は、受けてくれる捕手への信頼度で何倍にもふくらむ。心にひっかかりを残さず、思い切りできる準備をすべて整えることも、忘れてはいけない大事なことなのだ。

勝負脳の考察

気落ちするのは、気が緩み、脳が働かなくなる要因となる

◉人間の脳の仕組みを逆手に取って攻める

まさかの試合再開からの1球目。あの1球ですべてが狂った。

前章の高知・鶴井拓人と同様、捕手はボール球を要求していたが、投げた球は中に入ってきた。理由もまったく同じ。濱口も「早く終わりたい」と思ってしまったのだ。このときの対処法は前章に譲るが、濱口の場合は見逃せないことがある。心にひっかかりがあったのだ。そのひっかかりとは、ひとつは投げる球種。もうひとつは捕手がいつもと違うことだった。

捕手のサインは外のボール球のストレート。これを濱口は「意味がないのではないか」

「安全策ではないか」と否定的にとらえてしまった。完全なボール球では、アウトにはならないからだ。濱口が投げたかったのは、アウトにできる可能性のある球。林先生は「否定を含む言葉や気持ちが、一瞬でも生まれたら集中力がつくれなくなる」と言っているが、このときの濱口はまさにそんな状態だった。

では、こんなとき、どうすればいいのか。林先生によれば、「あと一人」でノーヒットノーランの場面を例に勝負脳の観点で考えると、こんな方法が有効だという。捕手が投手のところへ行って、「最初の1球は全力投球しろ。ボールになっても構わないから渾身の1球を投げろ」と言うのだ。最初の1球で打者が「これは打てない」と思った途端、打者に負けの「統一・一貫性」の本能が働く。それによって、その次の球はボール球でもバットを振ってくれる確率が高くなる。対戦相手も人間。人間の脳の仕組みを逆手に取って攻めるのも大事な方法だ（『勝負に強くなる「脳」のバイブル』より）。

もうひとつは、結果を意識しないこと。結果ではなく、それを達成するために必要な技、作戦に気持ちを集中させる。例えば、9回裏2死満塁、1点差の場面なら、ピッチャーはバッターを打ち取るという結果ではなく、打ち取るためのボールをどう投げるか、または自分が自信を持っているボールをどう投げるかに集中させることが大事なのだ（『〈勝負脳〉の鍛え方』より）。

あのゲームセットから試合再開の場面で、結果を意識するなというのは非常に難しい。だからこそ、普段から、結果ではなくやるべき行動にコミットする習慣をつけていくことが必要になる。

ただ、この1球以上に問題だったのが捕手。濱口、田野監督ともにこの試合でもっとも後悔しているのが、捕手を代えなかったことだ。これもまた、脳にはマイナスだった。脳には「統一・一貫性」の本能があるため、「一定の環境を維持することで脳が力を発揮しやすくなる」のだ。

この場合の環境とは、捕手を秋友に交代すること。濱口をいつも通り秋友と組ませることだった。環境の「統一・一貫性」を外してしまったことが、パフォーマンスが落ちる要因になってしまった。

◉「今はダメでも最後はやってやる！」という〝足し算思考〟に切り替える

田野監督は、再開直後の選手たちの送り出し方にも悔いを残している。試合終了から一転、判定が覆るのは前代未聞の異常事態。死から甦った方は失うものがないが、決まったはずの甲子園を取り消された方は、失うものが大きすぎる。精神的に成熟していない高校生には、再開するにしても、気持ちの切り替えのため、ある程度長めの時間を与えてあげた方がよかった。

では、もし長めの時間があったなら、どうすればいいのか。それは、場所を変えることだ。前章の高知や玉野光南が5回終了時に行っているように、ベンチ裏がいい。嫌な空気、流れの悪いグラウンドをシャットアウトできるからだ。このときの玉野光南ナインには、「優勝だったのに」「なんで判定が変わるんだ」という否定語が浮かんでいる。違う場所に移ることによって、否定語が生じた環境との「統一・一貫性」を外すのだ。そのうえで、「最後に勝つのはオレたちだ」「野球の神様はオレたちについている」などと言葉にして言うことが大事。脳は新しい情報に瞬時に反応するクセがあるので、否定的な言葉を別の言葉で打ち消すことができる（『勝ちつづけるチームをつくる　勝負強さの脳科学「ピットフォール」の壁を破れ！』より）。

再開後の3連打で逆転を許してしまった。ショックではあるが、まだ1点差だ。裏の攻撃が残されている。だが、逆転されたことで濱口は「冷めてしまった」と言っている。「もうダメだ」と気落ちするのは、気が緩み、脳が働かなくなる要因。事実、濱口はさらに2失点しているだけでなく、タイムリーヒットの前の四球、三振がまったく記憶から消えている。

常に「今はダメでも最後はやってやる！」という〝足し算思考〟に切り替えることが重要。いざというときにそれができるよう、普段から最後まであきらめず、全力投球をする習慣をつけることが必要だ。

第6章

木更津総合

甲子園で

「あと1アウト」「あと1球」から

微妙な判定によって敗北

絶対王者・大阪桐蔭を破って生まれた自信

「よっしゃぁぁぁ……ぁ？？？」

勝利を確信し、思わず出た声。その言葉とは裏腹に、予期せぬコールが飛び込んできた。

「ボール」

信じられない。受け入れられない。それまで保ち続けていたポーカーフェイスが崩れる。もう、笑うしかなかった。

9回裏2死三塁、カウント3－2からの1球。この判定が、試合を大きく動かした。

2016年3月28日、第88回センバツ準々決勝。木更津総合のエース・早川隆久の心は充実していた。2日前の2回戦で、大阪桐蔭を5安打1失点に抑える好投。近年の高校野球をリードする絶対王者を破ったことで、自信が生まれていた。

「（前年秋の）神宮大会で負けてるので、リベンジを果たそうと。桐蔭戦はヤマ場。倒せれば勢いに乗っていける。勝てたことに達成感がありましたけど、勝って油断した感じではなかった。気持ち的には、このままの勢いで日本一を目指そうという感じでした」

相手は秋にドラフト指名される松尾大河（DeNA）、九鬼隆平（ソフトバンク）を擁し、強力打線が自慢の秀岳館。2回戦の南陽工戦では、3本塁打を含む18安打で16得点を記録している。だが、早川に気負いはない。試合前には、いつも通り〝儀式〟をこなした。

早川には、毎試合前に行う15種類のルーティンがある。例えば、こんな感じだ。

「前夜から準備するんです。風邪をひきたくない、乾燥してのどをやられたくないので、寝るときはマスクをする。鼻づまり防止のために鼻孔テープを張って、栄養ドリンクを飲んで寝ます。寝るときには音楽を聴きます。聴くのは基本、コブクロ。ガヤガヤしない感じの歌ですね。朝食は、甲子園期間中はカレー。今考えると、カレー食べるってすごいな。消化不良になり気味なのにって思いますけど（笑）。

それから、エナジードリンクを飲んで、いつも決まったアンダーシャツを着て、移動中はクイーンを聴きます。『I Was Born To Love You』から入って、『We Will Rock You』『We Are The Champions』『Don't Stop Me Now』を聴いて試合に入ります。グラウンドに入ったら、ラインをまたぐのは行きは右で、帰ってくるのは左。今振り返るとよくやってるなと思いますけど。（これらのルーティンを）やって臨んだんで、不安なく試合に入れたと思います」

初回、先頭打者は松尾。5球ファウルを打たれ、9球投げさせられたうえに、打球はレフトがフェンスにぶつかりながら好捕する大飛球。これで、気持ちが入った。

「バッティングがすごいのはわかっていたことなので、しっかり丁寧に入ろうと思ってました。1番の松尾にああいう打球を飛ばされたことで身も引き締まりますし、なおさら丁寧に低めに投げようと。その結果、途中までいいピッチングになったのかなと思います」

2回は先頭の4番・九鬼に9球、5番・天本昴佑に8球投げさせられて22球。3回も松尾に四球を与えるなど18球を投じ、3回無失点ながら9つのアウトを取るのに56球もかかった。

「秀岳館は、チーム的に追い込まれるとノーステップでカットして、できればフォアボールという感じ。しつこい野球をしてくるなと。粘り強さというか、三振をしたくないというのは感じましたね。特に九鬼に関しては、秋の大会から三振1個という情報が入ってたので、どうにか三振を取りたいと思いながら投球してました」

ビッグネームの高校に苦を感じない理由

序盤はやや苦労したものの、中盤からは完全に早川のペースに変わる。4回から8回までは4イニングを59球で無失点。許した安打は3番・木本凌雅の二塁打1本だけだった。

「自分のスタイルはあまり変えてないので、相手ですね。ノーステップになるとヒットの確率は下がります。コントロールがいいのが自分の売りだったので、追い込まれたくないから初球から仕掛けていこうとなる。その初球をとらえ切れないというのが、球数が減ったひとつの要因だと思います」

強打の秀岳館。長打力のある打者が並び、いつも以上に気をつかった投球が求められる。そんな相手に序盤から球数を稼がれれば、投球イニング以上に精神的に疲労するものだが、早川にはそれがなかった。

「2年のときから、オープン戦で名門相手に投げさせてもらうことが多かったんです。花咲徳栄に勝ったりして、ビッグネームの高校に苦を感じないというか、むしろ楽しさを感じるぐらいでした」

もちろん、そう思えるのには理由がある。早川自身、2年春に続く二度目の甲子園。前年秋は関東大会を制していた。

「自分たちも成績を残したのが自信につながりました。そんなに物怖じせずに戦えたと思います。あとは、練習量ですね。走る練習がすごく多かったんです。確かにつらいんですけど、つらい中でもう1歩、1秒、1本というぎりぎりの戦いをやっていくにつれて、自信につながっていく。高校の練習がだいぶ関係してくるのかなと感じます」

8回まで許した安打はわずか2本。四球は3つ与えたものの、得点圏に走者を背負ったのも二度だけで、危なげのない投球だった。

一方の味方打線は、8イニング中5イニングで得点圏に走者を送ったが、得点は4回表に4番・鳥海嵐万のレフト前ヒットで挙げた1点のみ。早川自身も、5回表2死三塁のチャンスでショートゴロに倒れていた。

「それは、引きずらないですね。バッティングはあんまり好きじゃないんで（笑）。援護が1点でも想定内。点が入らなくても落ち込みません。木総が貧打というのも知ってましたから（笑）。事故といったらおかしいですけど、そういうので追加点が入れば完全に勝ちペースだなというのはありましたけど。1点差でも勝ってる状況であればいいと思ってました」

たった1点のリード。だが、早川にとっては、リードがあるだけで十分だった。

「桐蔭に勝てたから、秀岳館にも勝てるんじゃないかというのは、正直、イニングを重ねるにつれて自分の心の中に湧いてきました」

とはいえ、勝利を目前にした気負いはない。最終回のマウンドに登っても、特別な感情はなかった。

「自分の性格上、あまり先のことは考えすぎないんです。あとアウト3つ取れば勝てる、3人抑えれば試合が終わるぐらいの感覚。むしろ、アウト3つじゃなくて、4つでも5つでもいいかなというぐらいの感覚でした。自分が普段から考えているのは、先頭はきっちり抑えて、あとの二人は丁寧に投げて抑えること。基本的には、そんなにペース配分とか考えずに、そのバッターに集中して1個ずつアウトを積み重ねていけば、というのはありますね」

絶対に先頭打者を打ち取りたいという想いが力みに

9回裏の先頭は2番・俊足で左打者の原田拓実。この試合では、2打席目までサードゴロ2本の2打数0安打に抑えている。だが、3打席目はカウント3-2から4球粘られて四球を与えていた。

「相手打線で一番嫌だったのが原田。自分は右バッターは投げやすかったので。(原田は)足も速いですし、出塁させたら厄介。自分は一塁ランナーにチョロチョロされると嫌というのがあったんです。原田以外は盗塁、走塁はそんなにうまくないというのがあったので、松尾とかよりも原田マークでしたね」

1点差の最終回。原田はアプローチを変えてきた。本来なら、2ストライクになってからするノーステップ打法を、初球からやってきたのだ。

「自分の推測なんですけど、原田は自分のまっすぐに対応しきれてなかった。それで、このまま普通に振っても無理だと考えたんだと思います。どうやったら出塁できるかを考えた結果、カットしてファウルで逃げて、フォアボールを誘おうとなったんだろうと」

案の定、原田は追い込まれるまで手を出さない。4球目まで見送ってカウント2－2。5球目、7球目の内角ストレートをファウルし、四球を選んだ。自らの心の内を表すかのように、四球になった直後、原田は味方ベンチへガッツポーズを見せている。

「(初球からノーステップで)考え方は見えてたので、投げ負けたくないというのがあったんですけど、そこでしっかり粘ってくるのが強さだなと。なかなか決め球が決まらず、何を投げていいのか、サイン交換しながら迷ってましたね。あのときの自分の実力であれば、フォアボールになっても仕方がない。原田の考え勝ち、粘り勝ちかなと思います」

原田に対する2－2からの6球目と、3－2からの8球目。早川は帽子を飛ばすほど力投している。6球目はスライダー、8球目はストレート。いずれも抜けて大きく外れるボールだった。

「（帽子が落ちるのは）わりと力を入れて投げてるときですね。変化球であれば、三振を狙って、ボールでもいいから振ってくれればという想いを込めての身体の使い方。制球力は普段に比べて落ちますけど、球威とか腕の振りでごまかすんです」

絶対に先頭打者を打ち取りたいという想いが、力みにつながった。早川はこの大会で3試合27イニングを投げたが、先頭打者への四球はこのひとつだけだった。

「最悪ですね。盗塁されて中軸に回ったら、ヒット1本で1点ですし。なおもランナーが残るとなったら、めんどくさいというか、嫌というのがありました」

無死から俊足の走者を出し、捕手の大澤翔がマウンドへ。大澤が守備位置へ戻った後、早川はスパイクのひもを結び直した。

「大澤には、『最少失点で切ればＯＫ。とりあえず、アウト1個ずつ丁寧に取っていこう』と言われました。ここからはギアを上げないといけない。くつひもが緩くて、それで失投になっても嫌。悔いが残らないようにするために、くつひもとか、いろいろ確認する意味のタイムでした。自分の身を引き締めるためにも、ぎゅっと結びましたね」

プロ注目の主砲を退け、勝利まで「あと1アウト」に

無死一塁で3番の木本。4回裏の第2打席では、右中間に二塁打を打たれている。だが、秀岳館の鍛治舎巧監督は送りバントを命じた。

「3番にバント。まして長打を打たれてるバッターだったので、バントしてくれるのはラッキーという気持ちでした。1アウト二塁で、九鬼が大きなフライを打っても2アウト三塁。そんなに苦じゃないなと」

木本は初球の変化球をファウル。バントが苦手なように映るファウルだったが、2球目にストレートを投げて決められてしまった。

「最初はやらせたくないので変化球。その後に緩急を使いながら、高めに投げてフライが上がってくれればラッキーという感じで投げたんですけど。やっぱり（それまでの投球で）低めを意識してた分、指先の感覚的に高めに投げるのがどうしても難しくて、送りバントができるコースに投げてしまいました」

1死二塁で4番の九鬼を迎え、再び捕手の大澤がマウンドへ歩み寄る。

「九鬼がチェンジアップを引っかけたりしてたので、チェンジアップで勝負するか、まっすぐで勝負するか話し合いました」

初球は外角ストレートでストライク。2球目の外角チェンジアップは九鬼のバットが止まったものの（ボール）、3球目に外角ストレートを打たせてファーストゴロに打ち取った。この間に原田は三塁に進んだが、プロ注目の主砲を退け、2死三塁。勝利まで「あと1アウト」に迫った。打席には、5番・天本。この日は3打席無安打に抑えている。

「九鬼を抑えてひと安心ではないですね。ラストバッターだと。天本は前の試合でホームランを打っている。最悪、同点でもいいですし、ロングだけ警戒していました」

初球ストライクの後、3球続けてストレートがきわどく外れてカウント3－1。4球目のサインを見ようと早川がセットポジションに入ったところで、木更津総合・五島卓道監督がタイムを要求。背番号12の三石和季を伝令に送った。

カウントの途中で五島監督はどんな指示を送ったのか。試合後、三石はこう言っていた。

「『はっきり敬遠か勝負か、自分たちで決めろ』という指示でした。話し合った結果、勝負するとなりました」。だが、早川の記憶は違う。

「『フォアボールでもいい』と言われました。厳しいところで勝負していけと。あと、伝令の子はネタキャラみたいな感じなので、『勝ったら1日空くから。今日勝ったら、明日またスパに行けるから』みたいなことも言い始めて（笑）。和ませようという冗談だと思うんですけど、自分の中ではどうでもいい（笑）。集中したいんで」

試合後の五島監督も「歩かせるか、勝負するかはっきりしなさいと指示した」と言っている。三石もその通り伝えたが、早川にはそう聞こえなかった。

「自分的には、（勝負するか歩かすか）どっちにするかはっきりしろというより、歩かせてもいいよという感じの方に聞こえましたね。自分の頭の中では勝負するしかないと思ってたので」

打者は5番。カウントは3－1。一塁は空いている。無理に勝負しなくてもいい場面だ。ベンチとしては、中途半端が一番嫌だったはず。だが、早川の頭に歩かせるという選択肢はなかった。抑えられる自信があったからだ。伝令を出すなら、むしろ、「勝負しろ」と言った方がよかった。早川に「その方がスイッチが入ったのでは？」と尋ねると、力強く「はい」と答えた。

フルカウントから、会心のクロスファイヤーがボールの判定に

タイムの輪が解けた後、早川は両腕のひじを胸の前で合わせる〝脇締め〟の動作でスイッチを入れ直した。

「岩隈（久志、前マリナーズ）さんがやっているのをテレビで見て始めました。体幹というか、軸を中心に集める動作。別にルーティンではないんですけど、そういう動作を入れて、よりいっそう集中しようとしました」

5球目は内角を狙ったストレートが甘く入ったが、天本は見送りストライク。いよいよ勝利まで「あと1球」に迫った。6球目を投げる前、早川はロジンバッグに手をやる。さらに、もう一度〝脇締め〟の動作をした。

「そこで、本当に勝負を決めるつもりで、ロジンを触りました」

大澤のサインに首を振ったのは「首を振れ」のサイン。勝利まで「あと1球」となっても、あくまで冷静。投げ急いでも、勝ち急いでもいなかった。

「首を振って、バッターを考えさせようと。天本にはチェンジアップが相当効いていたので、チェンジアップをよぎらせておいて、インコースへズバッという配球です」

勝負の6球目。捕手の大澤は内角に寄る。早川が投じた白球は、ほぼ大澤の構えたミットの位置に吸い込まれた。打席のホームベース寄りに立つ天本が、腰を引いて見送る糸を引くようなクロスファイヤー。ここ一番、最高の場面でそんな球が投げられるのかというような見事な1球だった。

「正直、よっしゃ、勝ったと思いました」

だが、球審の土井淳宏の手は上がらない。天本は嬉々として打席から飛び出すが、大澤はボールを受けた状態のまま、しばらく動かない。早川は、思わず出た「よっしゃぁぁぁ」の声が中途半端になり、右ひざを大きく曲げてのけぞった。顔には「マジかよ」という苦笑いが浮かんでいる。どんなときも冷静でポーカーフェイスを貫いてきた男が、初めて見せる表情の変化だった。

「おーい、みたいな感じではありましたね（笑）。あそこにきて、あれだけのボールを投げてボールって言えるのかと。球場の雰囲気も、（試合終了と思って）『お～っ』となって、（まだ試合は続くのかと）『おーっ』みたいな感じだったので、自分もそれに合わせて笑っちゃったという感じです」

表情の変化は、心の変化でもある。

「心？　動いてますね」

一瞬、0コンマ何秒でも「勝った」と思った。その直後に、同じように投げろというのは無理な要求だろう。

「ショックはだいぶ大きいですね。ボールとジャッジされて、それをわりと長めに引きずってました。頭の中にそれしかなかった。それを考えつつ、次のバッターに入ってしまいました」

サヨナラを呼んでしまった、勝利を逃したという心境

続く打者は2年生の6番・廣部就平。初球はカーブが外れ、2球目はストレートをファウル。カウント1－1からの3球目だった。外角低めを狙ったストレートが高めに入る。だが、早川の球威が上回った。打球はセカンドへのゴロ。二塁手はキャプテンの小池航貴だ。いつもの小池なら、難なく捕れる打球だった。

ところが――。

廣部の放った打球は、小池の差し出したグラブの上を抜けていった。試合後、小池はこう言っていた。

「一、三塁なので盗塁もあるし、フォースプレーもあるので二塁ベースに寄ってました。身体が動かず、固まってしまって正面に入れなかった。いつもなら捕れてましたし、身体を入れて捕るべきだった。早川の調子がよかったし、このままなら勝てると正直思いまし

た。（この結果は）勝ったという少しの油断から来たと思います」

ネット裏からも完全にセカンドゴロに見えた打球だったが、マウンドの早川にはそう見えていなかった。

「センバツから帰ってきて、（小池）航貴がすごい謝ってきたんです。『あれはホントは捕れた』って。そこで初めて捕れる打球だと聞きました。打たれたときは、普通にライト前だと思った。航貴はいつも厳しいところは飛びついていくのにな、とは思ってたんですけど。すんなり抜けたので、『あれっ』というか、打球の方が速かったのかなと。打たれた自分が悪いと思ってました」

これで同点。なおも2死一、二塁とピンチは続くが、打順は7番。仮に歩かせても、8番、9番はともに途中出場の選手で打力はない。先頭の原田を歩かせたときに、大澤に言われた最少失点で切ることはできる。

「同点になってしまったなとは思ったんですけど、次のバッターを見たら堀江（航平）。堀江もその日は当たってなかったので（3打数0安打）、歩かせる必要もないなと。堀江で切って、次の回を8、9、1番の3人で終わった方が流れ的にいいかなと」
1、2打席目は初球、3打席目は2球目。3打席すべてファーストストライクを打っている堀江に対し、1ボールから投じたのは127キロのストレート。外角を狙った球が内側に入ったところをとらえられた。打球はセンター頭上へ。センター・木戸涼の必死のダイブも及ばず、サヨナラヒットになった。

「真ん中寄りに入って、ちょうど手が伸びて芯に当たりやすいところにいった。わりと高いフライだったのでセンターが捕れるかなと思ったんですけど、サヨナラに備えて前に来てたのを思い出して終わったなと」

ちなみに、この試合の早川は力のある秀岳館の1番から7番の打者に対して、初球変化球が外れた後はすべてストレートを投げていた（サヨナラの場面を含めて8度）。

「配球は考え切れてなかったですね。チェンジアップで誘うぐらいの気持ちがあれば変わってたと思います」

リードしている時点では、「最少失点で同点まではいい」と思っていながら、いざ本当に追いつかれると余裕を失ってしまう。それが、打たれた投手の心理というものだ。

「勝ちが逃げたというか、正直、焦りはあったかなと思います。あそこまで2安打。調子はよかったし、抑えてたから、最終回にヒットなんて打たれることはないだろうという安心もあった。それでパニックじゃないですけど、勝利を逃したという心境になったんだと思います」

勝利を逃したのではなく、まだ同点になったにすぎない。「ここからが勝負」と考えら

5	6	7	8	9	計
0	0	0	0	0	1
0	0	0	0	2X	2

[木更津総合]

	選手名	打数	安打	打点	1	2	3	4	5	6	7	8	9
1 (遊)	△峯　村	4	2	0	一ゴ	…	…	右安	…	中安	…	中飛	…
2 (中)	△木　戸	2	1	0	二安	…	…	三ギ	…	三ギ	…	…	捕邪
3 (二)	小　池	4	0	0	中飛	…	…	三振	…	右飛	…	…	中飛
4 (右)	鳥　海	3	1	1	…	二ゴ	…	左安	…	…	左飛	…	四球
5 (一)	△山　下	3	1	0	…	四球	…	…	左安	…	遊ゴ	…	左飛
6 (三)	井　上	2	1	0	…	三ゴ	…	…	投ギ	…	二安	…	…
7 (左)	△細　田	3	0	0	…	…	三振	…	一ゴ	…	遊ゴ	…	…
8 (投)	△早　川	3	0	0	…	…	三振	…	遊ゴ	…	…	右飛	…
9 (捕)	大　澤	3	0	0	…	…	一ゴ	…	…	一ゴ	…	二飛	…
併 1	残 4	27	6	1									

選手名	回数	打者	安打	三振	四球	失点	自責
△早　川	8⅔	34	4	3	5	2	2

第88回センバツ準々決勝

チーム	1	2	3	4
木更津総合	0	0	0	1
秀岳館	0	0	0	0

[秀岳館]

	選手名	打数	安打	打点	1	2	3	4	5	6	7	8	9
1（遊）	松　尾	3	0	0	左飛	…	四球	…	…	一ゴ	…	二飛	…
2（中）	△原　田	2	0	0	三ゴ	…	三ゴ	…	…	四球	…	…	四球
3（一）	木　本	3	1	0	三振	…	…	右2	…	三併	…	…	投ギ
4（捕）	九　鬼	4	1	0	…	中安	…	二ゴ	…	…	一飛	…	一ゴ
5（左）	天　本	3	0	0	…	右飛	…	右飛	…	…	一邪	…	四球
6（三）	廣　部	3	1	1	…	遊ゴ	…	三ゴ	…	…	四球	…	右安
7（二）	堀　江	4	1	1	…	…	遊失	…	右飛	…	右飛	…	中安
8（右）	△木　村	1	0	0	…	…	投ギ	…	三振	…	…	…	…
打　右	△半　情	1	0	0	…	…	…	…	…	…	…	二ゴ	…
9（投）	有　村	2	0	0	…	…	右飛	…	投ゴ	…	…	…	…
打	宮　平	1	0	0	…	…	…	…	…	…	…	三振	…
投	△中　井	0	0	0	…	…	…	…	…	…	…	…	…
併2	残6	27	4	2									

選手名	回数	打者	安打	三振	四球	失点	自責
有　村	8	28	6	3	1	1	1
△中　井	1	4	0	0	1	0	0

れれば、その後の投球も変わっただろう。だが、実際にそう思うのは難しい。

「だいたい自分は、試合に負けると泣いてるタイプなんですけど、あのときは泣きもしなかった。相当悔しかったというか、試合が終わった後、『なんで負けたんだろう』とすごく感じました」

自分を大きく成長させてくれた1球

この試合の流れを変えたのは、なんといっても9回裏2死三塁、カウント3－2からの判定。あの1球が、早川の表情を変え、心の状態も変えた。

「試合が終わった後、映像を見て、天本への1球はボールだったというのは感じてるんです。でも、有村（大誠、秀岳館のエース）が投げるあそこのコースはストライク。正直、わけわかんないです（笑）。千葉に帰ってきてから知ったんですけど、（球審の）土井さんは鍛治舎監督のパナソニック時代の後輩らしいと（※実際は同じ関西のチーム・デュプロの出身）。それを聞いて、うわーっと思いました。先に言ってくれよ、そしたらチェンジアップ投げてたのにって（笑）」

あの1球を投げたときは、ストライクを確信した。「勝った」とも思った。自分の思い通りの球が投げられたからだ。早川にとってツキがなかったのは、あのボールが、試合終了の1球になるはずだった球だということ。同じ判定でも、1ストライクや1アウトからだったら、そこまで大きな影響はなかったはずだ。

「自分に関していえば、前日からルーティンをやって、『明日は試合だ』と気持ちをつくっていって、試合が終わってスイッチをオフにしていく感じなので、一回スイッチが切れると厳しいかなと思います。入れるにはまた2日必要だなという感じがあるので」

クロスファイヤーが決まり、「よっしゃぁぁぁ」の声とともにスイッチが切れてしまった。早川にとって、そこからスイッチを入れ直すのは他の人よりも難しい。

「一番悔いが残ってるのは、廣部に外のストレートを逆方向に打たれたこと。あそこでインコースに投げた方がよかったかなと。簡単に（外角ストレートで）いってしまった」

スイッチが切れた状態では、いつもの慎重さ、丁寧さがなくなっていた。

たらればは禁物だが、もしこの試合に勝っていれば、木更津総合が優勝の可能性もあった。早川の人生が変わっていたかもしれない。だが、早川は前向きにとらえている。

「あの判定が……というのは正直思いましたけど、終わった後、『これが夏じゃなくてよかったな』と考えられたんです。自分はこの経験がすごく活きてます。実際、夏の甲子園もあの経験があったからこそ行けたと思います」

その夏の千葉県大会準々決勝・東海大市原望洋戦。木更津総合は金久保優斗（ヤクルト）、島孝明（ロッテ）のリレーの前に、わずか2安打で1点に抑えられた。1点リードで迎えた最終回。先頭打者にヒットを許したとき、早川は「これはセンバツの二の舞になるな」とよぎったという。その後もう1本安打を許しながら、ピンチを切り抜けられたのは、センバツでのあの1球があったからだ。

「夏の甲子園の唐津商戦（2対0で2安打完封勝利）では、最後のバッターに対して、完全にボールのアウトコースなんですけど、審判が手を上げてくれたんです。審判の目を狂わせるぐらいの球を投げようと練習してきたので、そういう球が投げられるピッチャーになったのかなと。あの（秀岳館戦での）1球が、自分のことを大きく成長させてくれたと感じますね」

もちろん、今でもあの試合のことを忘れることはない。

「今も1球にこだわって練習してます。フィールディング練習でエラーして、簡単に『もう一本お願いします』と言う選手がいますけど、自分はやりません。実際に試合になったら、そんなことは絶対にできないと承知してるんで。厳しい環境に身を置かないと、レベルアップはできない。この試合はものすごく自分の身になっていると感じます」

苦い思い出には違いない。だが、真正面から向き合うことが大事。逃げないで向かっていくから成長できる。

「正直、見たくないですけど、このときのことをすごく聞かれるんです。共有する映像が動画サイトにも上がってますし。大学の後輩にも『早川さん、あの1球見てましたよ』と言われます。自分が質問されるんですけど、そういうときは『あの1球見て、どう感じたの?』と質問し返すんです。『1球の重要さってすごいですよね』となるので、『そういうのを意識しながら練習しな』と。そういう意味では、後輩にも大事なことを教えられてるかなと」

もうひとつ、あの試合で大きな教訓になっているのが審判だ。

「審判について調べる? そこに関してはすごいです(笑)。あの後、千葉県の高野連の審判もどういう感じのストライクゾーンか、大澤とすごく話し合いました。それは高校のときに山下(輝、第7章に登場)にも伝えましたね。審判の名前も覚えた方がいいよって(笑)。六大学は全部OBの方がやってくれているので、この審判のときはここが広くて、ここが狭いというのは把握してます」

秀岳館との試合には負けた。だが、早川の野球人生にとっては、勝ちにつながる1球になった。1球の判定をどうとらえるか。とらえ方で、その後の人生が変わるのだ。

勝負脳の考察

一定の環境を維持することで、脳は力を発揮しやすくなる

◉本番で実力を出せない人は、ルーティンをつくって「統一・一貫性」を利用する

早川を支えていたのが15種類のルーティンだ。イチロー（元マリナーズ）が打席で1球1球、バットを立てる動作をしていたように、「統一・一貫性」を保つという意味で有効な手段だといえる。一定の環境を維持することで、脳は力を発揮しやすくなるからだ。

また、イチローは翌日の試合開始時間から逆算して、寝る時間、起きる時間、食事の時間などを決めていた。球場入りする時間、ストレッチをする時間なども常に一定だった。時計を見なくても、イチローを見れば時間がわかるといわれるほどだ。それぐらい、同じ行動を毎日くり返していた。

本番であがってしまい、実力を出せないと悩んでいる人は、ルーティンをつくって「統一・一貫性」を利用するのが有効。規則正しい生活を送り、環境の「統一・一貫性」を保てる習慣や動きを普段から意識して身につけることで、本番に強い心がつくられる（『困難に打ち克つ「脳とこころ」の法則』より）。

毎日、同じ時間に同じ練習をくり返すのも、イチローのスタイルだった。これもまた「統一・一貫性」の本能に基づく意味のある行動だといえる。

何度も同じことをくり返し練習することは、「統一・一貫性」のベースをつくり、「正しいこと」と「正しくないこと」の差異を判断する力をつける作業だといえる。素振りでも、「正しい形」を身につけるには、一定の回数をこなすことが必要。ひとたび「正しい形」が身につけば、失敗したときにどこが悪かったかを判断できるため、修正も容易になり、「正しい形」を再現できる確率が上がっていく。

脳の仕組みを知らず、「同じことを何度もやるのは面倒だから」と基礎的な練習をおろそかにすると、いつまでたっても「できたりできなかったり」という状態が続くことになる。「練習ではできたのに、本番では失敗してしまった」とならないためにも、反復練習による「統一・一貫性」の基礎づくりをおろそかにしてはいけない（『解決する脳の力無理難題の解決原理と80の方法』より）。

◉脳は「勝てた」と思った瞬間、目的を達成したと判断する

9回2死三塁、カウント3-2からクロスファイヤーが決まったとき、早川は「よっしゃぁぁぁ」と声を出し、一瞬、勝ちを確信している。ところが、これをボールと言われたショックがあったこと、ここで一度スイッチを切ってしまったことで、集中力もパフォーマンスも落ちてしまった。脳は「勝てた」と思った瞬間、目的を達成したと判断した。そのため運動神経を働かせていた勝負脳が機能しなくなり、最大限の力を発揮していた筋肉のパフォーマンス（効果、効率、生産性）が落ちたのだ（『ビジネス〈勝負脳〉脳科学が教えるリーダーの法則』より）。

このような負けパターンの環境の「統一・一貫性」にはまったときは、悪い「統一・一貫性」を外すため、場所を変えることが基本。そのうえで、目を閉じて体軸を整えるために同じ位置に着地するようにジャンプする、空を見て雲の数を数える、ぐるっと正しく一回転する、自分の指幅を測る、呼吸の呼気、吸気のパターンを変えるなど意識を別に向け、脳にまったく違う情報を与えることが重要（『勝ちつづけるチームをつくる　勝負強さの

脳科学「ピットフォール」の壁を破れ！』より)。

同じように、仲間の失敗やエラーが起こったとき、「これで終わりだ」「あいつのせいで」と思うと、そこで集中力は切れてしまう。例えば、「絶好調のときに仲間がエラーして『しまった』と思ったら、一回マウンドを降りて、前回あいつに助けてもらったから、今回はオレがやってやると言葉に出しながらマウンドに上がる」のが有効。「統一・一貫性」の軸がネガティブに変わらないように、その場所を一回離れ、「仲間のためにやってやる」と気持ちを切り替える（『ちゃんと集中できる子の脳は10歳までに決まる』より)。

林先生は、「脳には『仲間になりたい』という本能がある」と言っている。仲間のためと思うことで本能の力が働き、集中力を持続させることができるのだ。

否定語が思い浮かんだり、負けパターンにはまったと思ったりしたら、場所を変えて〝切り替えルーティン〟をするように心がける。それだけで、脳の働きが変わり、パフォーマンスも変わるはずだ。

第7章

木更津総合

甲子園で3点リードの「あと1アウト」「あと1球」からの悪夢

8回を終えて5対2、勝利は確実かと思われたが……

「あと1アウト」どころではない。
「あと1球」が二度もあった。
打ち取って、勝利を確信した瞬間もあった。
一瞬遅れ、間に合わなかったベースカバー。
9回表2死一、二塁でのファーストゴロが、試合を大きく動かした。

2017年8月10日、第99回全国高校野球選手権1回戦。木更津総合のエース・山下輝は、大会屈指の注目左腕としてマウンドに上がっていた。相手は日本航空石川。スタメンに左打者が6人並び、山下にとっては投げやすい相手だ。前年は5番・ファーストとして春夏連続甲子園ベスト8を経験しており、大舞台の経験も十分。今度はエースとして、どんな投球を見せてくれるのかに注目が集まっていた。187センチ、87キロと大柄な山下。自信満々で臨んだのかと思いきや、そうでもなかった。

「ひとつ上の先輩が春夏ベスト8だったので注目もされるし、勝って当たり前と思われてる部分もあったので、緊張感というか、重さっていうのはありました。周りからは緊張しないように見られてるかもしれないですけど、試合前は内心結構緊張してましたね」

午前8時。試合開始のサイレンが鳴り終わらない1球目だった。1番の安保治哉にストレートをセンター前に運ばれた。

「立ち上がり、いきなり初球を打たれたんですよね。それで、『なんか今日はおかしいな』と感じました。ブルペンから試合の入りがいつもと違うなというのは感じてたんですけど、それがいきなり出てしまいました」

石川大会で、打率1割4分3厘の安保にクリーンヒットされ、不安が生まれた。2番の三桝春樹に送りバントを決められると、3番の原田竜聖にはレフト前にタイムリーヒット。あっという間に先制点を許した。

だが、このままズルズルいかないのが注目投手たるゆえん。続く1死二塁の場面では4番の上田優弥、5番の小板慎之助を連続三振。2回以降は変化球中心の配球に変え、7回までの6イニングを3安打5奪三振無失点と立ち直った。

この間、味方打線は走塁ミスがありながらも、1番・山中稜真の二塁打、4番・芦名望の2ラン本塁打などで5得点。7回を終わって5対1と完全に試合の主導権を握っていた。

「もう、いけるなと思いましたね」

8回表に1番・安保から3連打を浴びて1点を失うが、なおも無死一、二塁のピンチでは上田をセカンドゴロ併殺打、小板を見逃し三振に仕留め、最少失点でとどめた。

8回を終えて5対2。最終回の相手の打順は6番から。そこまで6番以降の打者は、12打数0安打と完璧に抑えていたこともあり、勝利は確実かと思われた。

「8回に入ったときに、ちょっとスライダーが曲がらなくなってきたなと感じてました。ストレートもスライダーも、きわどいコースが突けなくなってる感じがあって、どうしても真ん中に寄っていくのが気になってはいたんですけど、負けるとは思わなかったですね。8回を終えて、ベンチでは『9回は下位打線だから多少甘くなってもいけるかな』と思ってました。その甘い考えがこういう結果になるんですが……(笑)」

9回無死から連打を浴びて消えた余裕

9回表、先頭の尾畑秀侍には、甘く入ったスライダーをレフトへ運ばれる。レフトが浅く守っていたこともあり、頭上を越える二塁打になった。続く兼田鳴海にはストレートをレフト前に弾き返され、無死一、三塁。ここで、ベンチの五島卓道監督はタイムを要求した。ピンチとはいえ、塁上にいる二人の走者が生還しても、1点のリードがある。早いタイミングでの伝令だ。

「このタイミングというのは、正直僕も驚きました。聞いた話なんですけど、監督さんもまさかこの後に連打を食らうとは想像してなかったと。（伝令の内容は）一、三塁なので守備位置を前にするか後ろにするか、打球処理の判断など確認事項ですね。『三塁ランナーが還っても点差あるし大丈夫だよ』と。間を空けるためのタイムでした」

点差でいえば、まだ3点の余裕がある。だが、山下の表情からは余裕が消えていた。余裕のなさは、表情以外にも表れる。先頭打者に二塁打を打たれた後、兼田に初球を投げる前に二塁けん制。伝令が出た後にも、山上に投げる前に一塁けん制を投じている。

「全然、余裕はなかったですね。二塁けん制はショートのサインだったんですけど、ショートから見て、たぶん気持ちに余裕がないように見えたのかもしれないです。間を空ける意図でのけん制のサインだったので」

二人とも、勝敗には関係ない走者。間を空けるための緩いけん制であっても、万が一、悪送球の可能性もある。投げる必要はない。間を空けるためなら、プレートを外すだけでもいい。だが、このときの山下にはそんなことを考える余裕がなかった。

「スタンドが普通じゃない雰囲気だったんで、勝ってる気は全然しなかったですね。8回ぐらいから感じたんですけど、完全に相手を応援する雰囲気でした。ベンチで（青山茂雄）部長にも『相手に呑まれそうだけど、はね返せよ』と声をかけられました。こういうことは甲子園を経験してますし、あるだろうと思ってたんですけど、いざマウンドに立つと圧倒されるというか、本当に周りが見えなくなってしまうというのがありました。想像していたのとは全然違う世界。3点差というよりは1点差、むしろ同点という気持ちでしたね」

甲子園の観客は負けている方を応援する。逆転を見たいからだ。味方のアルプススタンドからネット裏へと手拍子が広がり、さらに球場全体へと広がっていくと手がつけられない状態になる。信じられないことが起きる異様な空間。これが甲子園の魔物と呼ばれる〝宇宙空間〟だ。

そんな状況に置かれながらも、山下は踏ん張った。8番の山上祐大には、1－1から2球続けて外角のスライダーを空振りさせて三振。「三振を狙っていった」という言葉通りの投球で1アウトとした。だが、ひとつアウトを取ったぐらいでは、気持ちの余裕は生まれない。代打の長谷川拳伸に2ボールとしたところで、またも一塁へけん制球を投げた。

「いらないですね（笑）。気持ち的に余裕のない表れですね（笑）。1アウトを取ったけど、いっぱいいっぱい。とりあえず、プレートを外したかったという心境なのか、無意識ですね。投げづらい雰囲気？　ありました」

カウント3－2までいったが、ここで審判が味方する。6球目の外角ストレート。低めに外れたように見えたが、球審の永井秀亮の右手が上がった。

「あれはボールです。あれはホントに助けられました（笑）。あれはホントにありがたかったです」

前年は球審の判定に泣かされた木更津総合が、今度は球審の判定に助けられる。まるで、「どうぞ、勝ってください」と言わんばかりの判定。秀岳館との試合をファーストで経験していた山下も、「勝ってくれ？　僕もそう思いました（笑）」。連続三振で2アウト。勝利まで「あと一人」にこぎつけた。

「そこでやっとホッとしたというか。2アウトを取れて少し余裕ができました」

続く打者は1番の安保。この日は安保に2安打されているとはいえ、山下が得意にする左打者だ。

「左なんで、スライダーでうまく追い込めればいけるなという考えでいました」

1ボールから2球続けてスライダーを空振りさせ、勝利まで「あと1球」に迫った。それまでの空振りを見ていれば、スライダーで打ち取れるという確信もある。

「勝ったと思いました」

1球スライダーがボールになった後の5球目。力みからか、外角を狙ったスライダーが内角に入った。うまく引っかけられて打球は一、二塁間を抜けるライト前ヒット。2点差になった。

「勝ち急いだ？　そうですね。やっぱり『ここで決める』という気持ちが先走って、身体に近いところ、真ん中付近にいってしまった。それまでのスライダーの空振りの仕方を見てたら、ワンバンでも振りますよね。僕自身もワンバンを投げようと思って低めを狙ったつもりだったんですけど……」

二度目の「あと1球」で、平凡なゴロに打ち取るも……

なおも一、二塁のピンチが続き、打者は2番の右打者・三桝。初回の送りバントの後、3打数3安打と打たれている。

「それでも、まだ何とかなるという気持ちの方が強かったですね。ピンチのときはだいたいショートの峯村（貴希）が声をかけてくれるんですけど、そのときも声をかけてもらった。僕自身、声をかけられたのは覚えてますし、前しか見えていない状況ではなかったと思います」

初球は外角のツーシームが外れるが、2球目は外角に141キロのストレートが決まった。3球目は外角低めにボールになるツーシームを振らせてカウント1－2。再び、「あと1球」の場面を迎えた。

「あと1球が多いですね（笑）。ずっとあと一人と思って投げてたので、もう追い込むまでが勝負という感じでした」

帽子を取って汗をぬぐい、ロジンを触ってセットポジションに入る。ここで、また二塁けん制を投げた。勝ち急がない意味でのけん制だったが、けん制を投げるなら油断している同点の一塁走者の方がよかった。

4球目は外角の133キロツーシームを見送られて2－2。5球目も同じ球でファウル。そして、迎えた6球目だった。最後も選んだのは外角のツーシーム。132キロの球はやや高かったが、タイミングを外された三桝の打球は一、二塁間への平凡なゴロ。ようやく、試合が終わったかと思われた。

ファーストの山中が捕球するが、山下の一塁ベースカバーが遅れた。三桝の足が上回り、一塁はセーフ（記録は内野安打）。一塁到達は4秒30と特別速いタイムではなかっただけに、十分アウトにできる打球だった。試合後、五島監督はこう言っていた。

「山下が一塁のカバーに遅れたのが敗因だと思います。山下は去年からピッチャーを本格的に始めて、ああいうミスが出なかったので……。経験不足ですかね」

右方向へゴロが飛べば、一塁にカバーに走る。投手の鉄則だ。それが、なぜ遅れてしまったのか。山下はこう振り返る。

「言い訳になってしまうんですけど、一歩目が遅れたのは、僕自身、飛んだ位置的にセカンドゴロだと思ってしまったんです。『セカンドゴロだ』と振り返ったら、ファーストが（ベースから）出ていて、『ヤバい』と思いながら行ったんですけど、間に合わなかった。甘かったですね」

ただ、山下に同情すべき点はある。ひとつは、山下は投げ終わったときに三塁側に倒れる投球フォームであること。必然的に、一歩目が遅れてしまう。もうひとつは、山下の言うように、打球はセカンドが処理する位置に飛んでいること。ファーストが出すぎていることだ。勝ち急ぐのは、投手だけではない。野手も同じ。勝利目前の土壇場になって、普段あまり出てこないファーストが飛び出すのは高校野球でよく見る光景だ。山下によると、普段は出てこないファーストが飛び出すのは高校野球でよく見る光景だ。

山中は「普段は出ない」という。この守備について、試合後、山中はこう言っていた。

「もっと自分が前に出てれば……。セカンドとコミュニケーションを取ればよかった。打ち取った球で、打球が弱かったので自分が捕ったんですけど、今思うとセカンドでもよかったかなと思います」

ベースカバーに遅れた理由はまだある。実はこのとき、一塁に走りながら、山下は自身の異変を感じていた。

「正直、身体が動かなくて。なんでかわからないですけど、あのときは走ってる最中になんかおかしいなというのがありました。『これを踏めばアウトだ』と気力で走ったんですけど、気持ちと身体が全然合ってなかったですね」

これが１４５球目。体力は限界に近づいていた。

満塁とはいえ、あと１人アウトにすればいい状況で、まだ2点リードがある。だが、木更津総合ナインにそう思える選手はいなかった。山下がベースカバーに走った直後。呼吸を整えるために、こういうときこそタイムが必要だが、誰も間を取る選手はいない。けん制のサインもなかった。9回無死一、三塁時の伝令で、内野手が集まれる3度のタイムは使い切っている。誰かが気をつかわなければいけなかった。

ここまで投げてきた疲労に加え、走って息が切れている。それに追い打ちをかける、日本航空石川を応援する球場の雰囲気。おまけに打ち取った打球がセーフになったことで、山下の心は折れていた。

「あれは誰もが終わったと思った瞬間だと思うんです。僕自身も終わったと思った。それがセーフになって、ランナーが埋まった状態はちょっときつかったですね。もう何も考えられない。余裕はまったくなくて、周りが見えない状態になってました。声が聞こえても、僕にかけられてる声とは思わなかったですね。スタンドもアウェイというか、相手を応援する声援しか僕の耳には入ってこなかったです」

苦しい状況とはいえ、まだ2点リードしている投手の言葉とは思えない。甲子園の最大の魔物である〝宇宙空間〟に山下は呑み込まれていた。

9回4失点で、まさかの逆転負け

3番・原田への初球。山下が選んだのは三桝に多投したツーシームではなく、ストレートだった。内角を狙った球が真ん中に入る。打球は一、二塁間を抜けるライト前ヒットになった。三塁走者に続き、二塁走者も生還。木更津総合はついに追いつかれた。

「この試合を通して、右バッターにツーシームを結構見極められたんですよ。この日は、初回からツーシームが曲がらず、かといってまっすぐも走っていなかった。抑えるといったら何かなと考えちゃう部分があったので、やっぱりストレートしかないなと」

木更津総合にとって悔やまれるのは、このときのカットプレー。ライトの細田悠貴のホームへの返球を、ファーストの山中が中継したのだ。試合後、山中は「ホームは厳しいと思ったのでカットしました。キャッチャーの声は聞こえてません。自分の判断です」と言っていたが、山中が触らなければタイミングは微妙。アウトなら試合終了の場面だっただけに、たとえ一か八かでも、外野手が一人で投げて勝負をかけなければいけない。準備と確認が不足していた。

土壇場の同点劇に大興奮のスタンド。流れは完全に日本航空石川だったが、まだ負けたわけではない。木更津総合は後攻。同点でとどめれば、まだ有利といえる状況だ。だが、山下に気力は残っていなかった。

「同点になったとき、追いつかれたということで、僕自身『延長に入って投げられるかな?』とまで考えてしまったんです。(本塁後ろへの)カバーからマウンドに帰るまでの間、いろいろなことを考えました。そこで投げたスライダーですよね」

185センチ、97キロの巨漢・4番の上田は、スライダーにまったくタイミングが合っていなかった。ここまで4打数0安打1三振。ネット裏から見ていても、スライダーさえ投げておけば、打ち取れるように思えた。

ところが、気持ちの乗らない球は本来のキレを欠いていた。初球ファウルの後の2球目。外角のスライダーが真ん中寄りに入った。打球はレフト前に抜けるタイムリー。逆転を許す一打になった。

「高めに、バットの届くところにいってしまった。同点に追いつかれた時点で、気力、体力ともになかったですね。追いつかれないと思ってたので。3点差もあればという心境だったので。同点打が一番痛かったですね」

二度も「あと1球」までいきながら勝ち切れなかった。山下の心の中は「勝ちを逃した」という思いだけ。「逆転してやろう」という前向きな気持ちは生まれなかった。それが、最後の攻撃にも表れる。

9回裏、木更津総合は連続三振で2死となった後、6番の大木巴哉がライト前ヒットで出塁。7番の山下につないだ。千葉大会の打率は5割。前年は5番を任されていただけに、打撃には定評がある。1－1からの3球目だった。内角のストレートに詰まりながら、レフト線に落とす。一塁走者の大木は三塁へ。ところが、山下は一塁でストップした。

「正直、最後のバッターもよぎったので、打って満足と心の中で思ってたのかなと。二塁は狙ってないですね。一塁ベースで止まって、パッとサインを見たときに監督さんも『なんで行かないんだ』と激怒していた。『やっちゃったな』と思ったんですけど、僕は行けると思わなかったんですよね。打って、『これで一、二塁か一、三塁になる』という考えしかなかった。（打球が）落ちてくれと祈ることだけでしたね」

レフト線は大きく空いていたため、打った瞬間にヒットになることはわかる。レフトの上田は左中間寄りに守っていたうえに、二塁へは逆モーションになる左投げ。打球も弱かったため、十分に二塁に行ける当たりだった。にもかかわらず、山下はまったく二塁を狙うそぶりすら見せていない。完全にヒットの打球なのに、「落ちてくれ」とも思っている。なぜ、そうなってしまったのか。理由はただひとつ。山下の中では、勝ち切れなかった9回表で試合が終わってしまっているからだ。だから、勝負ができていない。自分の走塁で二、三塁にして、一打サヨナラの場面にしようという気持ちが湧いてこない。

「なんとか同点としか考えなかったので、一打逆転まで僕の中ではいかなかったですね」

この場面について、試合後、五島監督はこう言っていた。

「最後の山下の走塁。自重するんですよ。あそこはガンと行くところ。割り切りでしょう。ああいうのは、人に言われてやることじゃない。本能的なものですよ」

最後まで攻める気持ちを持ち続けなければ、勝負脳は働かない。「ここは積極的に行く場面だ」という勝負の場面も見逃してしまう。結果的に山下の後は続かず、木更津総合は2年連続で「あと1球」から勝利を逃した。

5	6	7	8	9	計
0	0	0	1	4	6
0	0	0	0	0	5

[日本航空石川]

	選手名	打数	安打	打点	1	2	3	4	5	6	7	8	9
1 (右)	△安　保	5	3	1	中安	…	遊飛	…	三振	…	…	左安	右安
2 (中)	三　枡	4	4	0	三ギ	…	左安	…	中安	…	…	左安	一安
3 (三)	原　田	4	3	4	左安	…	死球	…	一邪	…	…	左安	右安
4 (左)	△上　田	5	1	1	三振	…	二ゴ	…	…	遊ゴ	…	二併	左安
5 (一)	△小　板	5	1	0	三振	…	…	左安	…	二ゴ	…	三振	二ゴ
6 (遊)	△尾　畑	4	1	0	…	一ゴ	…	一ゴ	…	三振	…	…	左2
7 (二)	△兼　田	4	1	0	…	三振	…	三失	…	…	三振	…	左安
8 (捕)	△山　上	4	0	0	…	二ゴ	…	二併	…	…	遊ゴ	…	三振
9 (投)	佐　渡	3	0	0	…	…	三ゴ	…	中飛	…	三振	…	…
打	長谷川	1	0	0	…	…	…	…	…	…	…	…	三振
投	△杉　本	0	0	0	…	…	…	…	…	…	…	…	…
併 0	残 8	39	14	6									

選手名	回数	打者	安打	三振	四球	失点	自責
佐　渡	8	39	10	3	2	5	5
△杉　本	1	5	2	3	0	0	0

第99回全国選手権1回戦

チーム	1	2	3	4
日本航空石川	1	0	0	0
木更津総合	0	2	0	3

[木更津総合]

	選手名	打数	安打	打点	1	2	3	4	5	6	7	8	9
1(一)	△山　中	3	2	2	中安	右2	…	遊ゴ	…	四球	…	投キ	…
2(右)	△細　田	4	1	0	投ギ	三振	…	左安	…	右飛	…	遊ゴ	…
3(遊)	△峯村貴	5	1	1	二ゴ	三振	…	中安	…	中飛	…	中飛	…
4(捕)	芦　名	3	2	2	四球	…	死球	左本	…	…	右安	…	三振
5(三)	△野　尻	3	1	0	右飛	…	捕ギ	左邪	…	…	左安	…	…
三	橋　本	0	0	0	…	…	…	…	…	…	…	…	…
打	峯村誉	1	0	0	…	…	…	…	…	…	…	…	三振
6(中)	大　木	4	1	0	…	三振	死球	…	二飛	…	左飛	…	右安
7(投)	△山　下	5	2	0	…	中安	二ゴ	…	遊ゴ	…	右飛	…	左安
8(左)	△綿　田	3	1	0	…	右安	二ゴ	…	三飛	…	…	死球	…
打	東	1	0	0	…	…	…	…	…	…	…	…	三振
9(二)	小　池	3	1	0	…	右安	…	投ゴ	…	遊ゴ	…	ギ野	…
併2	残12	35	12	5									

選手名	回数	打者	安打	三振	四球	失点	自責
△山　下	9	41	14	10	0	6	6

逆転を期待する異様な〝宇宙空間〟に呑み込まれないためには

流れが変わるのは、心が変わるとき。この試合、もっとも山下の心が動いたのは、9回裏2死一、二塁からのファーストゴロでベースカバーが遅れたときだろう。「終わった。勝った」と思った直後、再びスイッチを入れることができず同点打を打たれてしまった。「まだ同点」と考える余裕はなく、「勝てなかった」というマイナス面にばかり気持ちが向かい、その後の投球、走塁まで攻める気持ちが失われてしまった。

では、なぜネガティブな方に気持ちが向いてしまったのか。それは、苦しかったからだ。甲子園の観客が負けているチームに肩入れすることによって起こる、逆転を期待する異様な雰囲気。説明不能なことが起きる〝宇宙空間〟。山下はこの重圧に耐えられなかった。

「マウンドに立ってると全体を感じてしまうので、球場の雰囲気に一気に呑み込まれた感じでした。ファーストはスタンドに近いからかもしれないですけど、ちょっと余裕がある感じがある。ベンチも近いですし。ピッチャーの方が独りだなと感じます」

この試合で、山下が悔いを残していることがふたつある。ひとつは、ベースカバーだ。

「普段の練習からダッシュはできることですし、あとひとつ、絶対取れた場面でした。練習はしてるつもりですけど練習不足。アバウトにやってたのかなと。普段の練習から、ダッシュ関係だったら、すべてバント処理やベースカバーに直結すると思ってやらないといけないと思います」

もうひとつは、決め球。

「あと1球というところで打たれる詰めの甘さ。2年生のときにそこを見てきたのに、結果を出せなかった。これまでの経験は何だったのかということになってしまいますよね。あと1球はコース、高さまで突き詰めていかないと、どこが相手でも相手に押しつぶされるというか、押し返される感じでやられてしまう」

これを〝宇宙空間〟の中でもやらないといけないのだ。当たり前のことを当たり前にやる。練習から最後の1球にこだわってやる。ここ一番を想定した全力での練習が、最後の最後に心の強さになって表れるのだ。

勝負脳の考察

脳の仕組みを知り、〝ゾーン〟に入る方法を普段から意識して練習する

◉「もうダメだ」と思うと、脳は思考停止状態になってしまう

「あと1ストライク」が2回。点差も一度目が3点差、二度目が2点差と余裕があった。山下でなくても「勝てる」と思うのは自然なことだろう。ただ、悔やまれるのがファーストゴロでのベースカバー。一塁手が飛び出しすぎたのはあるが、打球が飛んだ瞬間、「勝った」と思ったことで脳の働きがストップしてしまった。最後のアウトコールがあるまでは、「勝った」と思ってはいけない。右側にゴロが飛べば、ピッチャーは一塁ベースカバーの仕事がある。右側にゴロが転がった瞬間、「ここからが勝負」という意識で、ダッシュしなければいけなかった。

結果的には、これで脳がさらにマイナスの方向に向かってしまった。まだリードしていたにもかかわらず、「今ので勝ってたのに……」という思いを引きずったため、3番、4番に連続タイムリーを浴びることにつながった。「延長に入ったら投げられるかな」と考えているのは完全に「統一・一貫性」がマイナスに向いている証拠。逆転され、「もうダメだ」と思ったことで脳は思考停止状態になってしまった。その結果が、最後の走塁に表れる。打球の弱さ、飛んだ位置、相手の守備位置、相手の利き腕などから100パーセント二塁に行けるタイミングだったが、そのチャンスに気づかず、逃してしまった。

前章で紹介したように、場所を変え、切り替えルーティンを入れ、次にやるべきことを確認、意識してマウンドに戻っていれば、負けることは防げたはずだ。

◉〝ゾーン〟に入って、最高レベルの能力を発揮するためには

この試合、山下には相手以外にも敵がいた。甲子園の観客がつくり出す異様な雰囲気、〝宇宙空間〟だ。観客は負けている方を応援するため、山下にとっては完全にアウェイの状態。それも、9回2死から3点差を逆転するドラマチックな展開になったことで、必要

以上に盛り上がった。

すり鉢状になっている甲子園。その中心にあるマウンドには、観客の声援が一気にふりかかる。この状況で冷静になれというのは酷な話だ。こんなとき、〝ゾーン〟に入ることができれば、周りの環境に左右されず、自分のパフォーマンスに集中できる。〝ゾーン〟とは「自分が集中できる範囲」のこと。集中しているとき、その範囲の外を人が通っても気にならない自分のテリトリー。能力が最大限に発揮できる環境の「統一・一貫性」が保てる範囲のことをいう。

〝ゾーン〟に入って最高レベルの能力を発揮するためには、背筋を伸ばして目線を水平に保ち、「空間認知能」を最大限に発揮できるようにすること。「空間認知能」を正確に働かせるためには、目線が水平でなくてはいけない。目線が傾いていると、左右の目から入る異なる情報を脳の中で補正する必要が生じるので、脳の働きがそれだけ鈍くなる。バランスのよい姿勢は、人の能力を発揮させるために大切だ(『困難に打ち克つ「脳とこころ」の法則』より)。林先生によれば、「空間認知能」を鍛えるには、目をつぶって同じ位置でジャンプするのが有効だという(『脳が認める最強の集中力　最新脳科学が教える自分を劇的に変える習慣』より)。

目が水平になっていると、入ってきた情報を補正することなく脳が取り込めるため、左右の脳が同時に働ける。そのため頭は疲れず、ものはよく見え、判断力も上がる。正しい姿勢をつくるポイントは次の3つ。目線を水平にする、背筋を伸ばす、左右の肩（肩甲骨）の高さを同じにする（地面と平行にする）。自分で確認する方法は「いつでも真上に飛び上がれる状態」を意識すること。そうすれば、両目も両肩も水平の位置になり、体軸がまっすぐに伸びる。空間も正しく認識しやすくなる（『勝負に強くなる　脳の中の7人の侍』より）。

また、成功するための条件をブツブツと言葉にしながら、一定の仕草であるルーティンワークを行うのも、「統一・一貫性」を守るという〝ゾーン〟をつくるために有効だといえる（『困難に打ち克つ「脳とこころ」の法則』より）。投球・打撃フォームなどいつも無意識にやっている動作でも、注意点を小さな声で言葉にすることで〝マイ・ゾーン〟をつくれるようになる。

〝ゾーン〟に入るためには、目を閉じていてもわかる範囲内で、必ず成功するパフォーマンスをくり返し、成功するのが当たり前と思えるまでに「統一・一貫性」の仕組みを活かすこと。〝ゾーン〟に入る才能を磨くためには、難しい練習をするより、絶対失敗しない基本的でやさしいことを何度も練習する必要がある（『勝ちつづけるチームをつくる　勝負強さの脳科学「ピットフォール」の壁を破れ！』より）。

林先生によれば、〝ゾーン〟は意識すれば自分でつくれるものだという。脳の仕組みを知り、〝ゾーン〟に入る方法を普段から意識して練習していれば、ここ一番でぶれない強い選手になれるはずだ。

林成之氏著作　参考文献

『〈勝負脳〉の鍛え方』（講談社現代新書）
『ビジネス〈勝負脳〉脳科学が教えるリーダーの法則』（ベスト新書）
『脳に悪い7つの習慣』（幻冬舎新書）
『子どもの才能は3歳、7歳、10歳で決まる！　脳を鍛える10の方法』（幻冬舎新書）
『解決する脳の力―無理難題の解決原理と80の方法』（角川ｏｎｅテーマ21）
『困難に打ち克つ「脳とこころ」の法則』（祥伝社）
『勝負に強くなる　脳の中の7人の侍』（主婦の友社）
『勝負に強くなる「脳」のバイブル』（創英社）
『ちゃんと集中できる子の脳は10歳までに決まる』（ＰＨＰ研究所）
『勝ちつづけるチームをつくる　勝負強さの脳科学　「ピットフォール」の壁を破れ！』（朝日新聞出版）
『脳が認める最強の集中力　最新脳科学が教える自分を劇的に変える習慣』（ＳＢクリエイティブ）

おわりに

簡単に2アウトを取った後に、フォアボールを与えたり、ヒットを打たれたりするピッチャーがいる。

9回2アウト、勝利まで「あと一人」になった途端、フォアボールを与えたり、ヒットを打たれたりするピッチャーがいる。

実は、毎回このパターンに陥るピッチャーには共通することがある。

それは、物事を最後までちゃんとやらないことだ。

例えば、バットの置き方。

高校生には、四死球で出塁する際、バットを放り投げず、丁寧に置くようにアドバイスしているが、このパターンに陥るピッチャーは最後まで丁寧にやらない。バットの先端は地面につけるが、グリップは地上数センチのところから落とす。

私生活では、ドアの閉め方に表れる。寮やホテルなどで選手たちといっしょに過ごすことが多いが、このパターンに陥るピッチャーは、例外なくドアを「バタン」と閉める。最後までドアノブを持って、音を立てずやさしく閉めることはない。

普段から、最後までちゃんとやらないので、野球にもそれが出る。「だいたいできた」ところでホッとするから、終わりが見えた途端にパフォーマンスが落ちるのだ。これは決して偶然ではない。

逆の意味で、印象に残っているチームがある。2010年に春夏連覇を達成した沖縄の興南だ。教室や食堂などで座るときにイスを出し引きする必要があるが、彼らはこのとき、床から持ち上げ、そっと置く。引きずって音が出るのを防ぐためだ。食事の後、食器を集めるときも同様。お皿やスプーンを、音を立てないように丁寧に重ねていた。

「そんな細かいこと？」と言う人がいるかもしれない。だが、間違いなくこの姿勢は野球につながっている。細部にこだわり、最後まで丁寧にやる習慣がついている彼らだからこそ、春夏連覇、沖縄県勢初の夏の甲子園優勝を達成することができたのだ。

選手では、忘れられないのがイチローだ。

マーリンズに在籍していた16年9月16日のフィリーズ戦。3対3で迎えた13回裏、1死満塁のサヨナラのピンチだった。ジミー・パラデスの打球は、ライトを守るイチローの前で弾むサヨナラヒット。ボールが外野に抜けた瞬間、マーリンズの選手たちはベンチへ引き揚げた。三塁ランナーはホームを駆け抜け、キャッチャーもベンチへ。ホームベース付近は無人だった。にもかかわらず、打球を捕ったイチローはバックホーム。それも、ストライクを投げたのだ。試合は終わった。誰もそのプレーにかかわってはいない。だが、イチロー自身のプレーはまだ完了していなかった。最後まで、やるべきことを100パーセントやる。どんなときでも、最後までちゃんとしているからこそ、世界のスーパースターなのだ。

林先生も『勝負に強くなる　脳の中の7人の侍』の中でこう言っている。

「勝負に弱い人の共通点。それは、後片づけができないことです。後片づけは一見、勝負とは関係なさそうなので、手を抜いてしまいがちです。ところが、勝負強い人は最後まで手を抜かないので、後片づけもピシッとしています」

最後までやるべきことをやらない、「これぐらいでいいか」と手を抜く人は、わざわざ自分が勝負弱くなる準備をしているということ。ここ一番でミスをしやすい選手になろうとしているということ。多くの人が意識しない細かいことだからこそ、意識してみてほしい。実際に行動してみてほしい。

ここまで読んで、「もう読み終わった」と思う人はいないはず。

あと7行。ここからが大事なのだから。

本書を読めば、きっとグラウンドでも、スタンドでも「あと一人」「あと1球」なんて声をかける人はいなくなるだろう。
かける言葉は、そう「ここからが勝負だ！」。
最後まで丁寧に。
最後こそきっちり。
最後まで攻める。
それが、勝てる試合を落とさないことにつながる。

２０１９年７月

田尻賢誉

なぜ「あと1アウト」から逆転されるのか

2019年 8月16日　初版第一刷発行
2019年10月25日　初版第二刷発行

著　　者／田尻賢誉

発 行 人／後藤明信
発 行 所／株式会社竹書房
〒102-0072 東京都千代田区飯田橋2-7-3
☎03-3264-1576（代表）
☎03-3234-6208（編集）
URL　http://www.takeshobo.co.jp

印 刷 所／共同印刷株式会社

カバー・本文デザイン／轡田昭彦＋坪井朋子
協　　力／馬淵史郎（明徳義塾監督）、岡田龍生（履正社監督）、田野昌平（玉野光南監督）、島田達二（高知元監督）、達大輔（寝屋川監督）ほか
写　　真／産経新聞社

編 集 人／鈴木誠

Printed in Japan 2019

ISBN978-4-8019-1976-1